おかしな転生

XXV

お宝探しは南国の味

古流 望
NOZOMU KORYU

TOブックス

ERS

モルテールン家

ペイストリー
末っ子。領主代行。寄宿士官学校の教導員を兼任中。最高のお菓子作りを夢見る。

アニエス
ペイスの母。子供たちを溺愛する子煩悩な性格。

リコリス
フバーレク辺境伯家の四女。ペイスと結婚。ペトラとは双子。引っ込み思案な性格。

カセロール
ペイスの父にして領主。息子のしでかす騒動に悪戦苦闘の毎日。

モルテールン領の人々

シイツ
モルテールン領の私兵団長にして、従士長。

ラミト
外務を担う従士。期待の若手。

デココ
元行商人。モルテールン家お抱えのナータ商会を運営している。

寄宿士官学校

シン
寄宿士官学校の訓練生。頭が切れる。毒舌。

CHARAC

レーテシュ伯爵家

セルジャン
オーリヨン伯爵家の次男。レーテシュ伯と結婚した。

レーテシュ
王国屈指の大領地を治める女傑。三つ子の娘たちを出産した。

ヴォルトゥザラ王国

オアシスの交易拠点として栄え、マフムード家が周囲の各部族を制圧して勢力を広げてできた国。

ソラミ共和国

アモロウス
国随一の魔法使い。女に目がない。神王国に留学中。

ボンビーノ子爵家

ウランタ
ペイスと同い年ながらボンビーノ家の当主。ジョゼフィーネに首ったけ。

ジョゼフィーネ
モルテールン家の五女。ウランタの新妻。現在妊娠中。

ニルダ
元傭兵にして現ボンビーノ家従士。通称、海蛇のニルダ。

カドレチェク公爵家

スクヮーレ
カドレチェク公爵家嫡孫。垂れ目がちでおっとりとした青年。ペトラと結婚した。

フバーレク辺境伯家

ルーカス
地方の雄として君臨するフバーレク家の当主。リコリス・ペトラの兄。

ペトラ
フバーレク家の三女でリコリスの双子の姉。スクヮーレと結婚した。明るくて社交的な美人。

ルミニート
通称「ルミ」。寄宿士官学校の訓練生。幼馴染のマルクと結婚。

マルカルロ
通称「マルク」。ペイスとは幼馴染。寄宿士官学校の訓練生。遂にルミと夫婦に。

王家

カリソン
第十三代神王国国王。カセロールを男爵位へと陞爵させた。

ルニキス
神王国の第一王子。

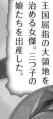

CONTENTS

TREAT OF REINCARNATION

イラスト:珠梨やすゆき YASUYUKI SYURI
デザイン:ヴェイア Veia

第三十六章

お宝探しは南国の味

不本意な評価

南大陸が白下月《しろしもづき》に入ったころ。

北部ではそろそろ寒さを感じる時季ではあるが、ここモルテールンは違った。

比較的温暖である南部の気候とあわせ、更に近年上昇している湿度が原因で寒さとは縁遠い。

暖かさを今の時期であっても感じる。むしろ、暑ささえ感じるような今日この頃。日差しの強さがそのまま気温に繋《つな》がるいつものモルテールン領。

本村《ザースデン》の領主館の執務室では、今日も今日とて領主代行が奇行を繰り広げていた。

「ちゅうちゅうたこかいな、ちゅうちゅうたこかいな」

執務机に積み上げられた金貨や銀貨の山。

ざっとみて三百枚は堅かろうその大量の硬貨を、数枚ずつ指で引っ張って崩しながら、奇妙な呪文を唱える少年。

ペイストリー＝ミル＝モルテールン。

御年十三歳の、若き魔法使いである。

モルテールン領領主カセロールの息子であり、次期領主が内定している青銀髪の美少年。

ちゅうちゅうちゅうちゅうちゅうちゅうと、先ほどから節をつけた鼻歌とあわせて指を動かしている。

「坊、何してるんです？」

ノックもせずに部屋に入ってきた。いや、戻ってきた男が、ペイスのやっている作業を見咎《みとが》めて声をかける。

四十も半ばを過ぎた中年イケオジにして、モルテールン領の大番頭。

従士長のシイツである。

モルテールン領の開拓初期から領主の腹心として仕えた功臣であり、また戦友でもあった。

ペイスのことは生まれる前から可愛がっていて、叔父も同然の間柄。

金貨銀貨の山に対して、また変な散財でも企んでいるのではないかと、疑いの目を向ける。

「チョコレート村の今年度収益を数えてます」

ペイスが行っていたのは、金勘定。

本来であれば会計役の人間が行う雑事なのだが、ペイスは自分で検算するという名目で金貨を数えていたのだ。

チョコレート村といえば、魔の森とも恐れられる巨大な森の端に設けられた開拓村のこと。

そもそも、モルテールン領の北に位置する巨大な森の開拓を始めたのはペイスであり、全権の責任者でもある。

最終責任者が会計を確認するのは、別に悪いことではない。

今は王家麾下《きか》の国軍第三大隊が駐屯するとともに、代官として従士が一人常駐している。

モルテールン領の中でも特別な場所であり、殊更《ことさら》投資を行っている場所でもあった。

「しめて、三百二十四レットと、とんで二ロブニですか。できたばかりの村にしてはなかなかの売り上げです」

「まあ、金貨三百二十枚以上ってんなら悪くねえ売り上げですが……出ていってる分も、まだまだ大きいですぜ？　ぶっちゃけ、まだ赤字でさあ」

チョコレート村の現在の主産業は魔の森から産出される産物や、魔物や獣といった害獣の駆除に伴う食肉や毛皮の生産である。

時折、常軌を逸するような美味しい蜂蜜が採れたりもするのだが、現代にも存在しない蜂蜜などというものはお菓子狂いのペイスにとってとても良い研究材料であり、目下のところ禁輸措置の採られた非売品だ。

つまり、魔の森に依存する経済である。

立地として魔の森に隣接しているのだから、魔の森の産物を目玉にするのはおかしなことではない。だが、狩猟採取に寄った経済というのはとかく不安定になりがち。

できうるなら、豊凶作のブレはあれども安定する農業か、或いはより安定した工業辺りを主産業に据えたい。

ペイスたちモルテールン上層部は、産業の振興と育成を考えて大規模投資を繰り返している。

そもそも開拓である以上、初期の持ち出しは仕方がない。何もない所に村を作るというのだから、初期投資がかかるのは仕方のないこと。

かつての万年赤字体質であったころならいざ知らず、赤字だからと今更おたおたするような経済状況にはない。

「赤字ですが、意味のある赤字ですね」

今現在のモルテールン家は、龍の素材の売却益という、馬鹿のように膨大な稼ぎがあったことから黒字も黒字。前代未聞の、国家収益規模の大儲け中である。

更にその収入の一部は神王国各地に投資されており、今後も継続してある程度大きな収益は見込める。

モルテールン領の経営は、超がつくほどの優良運営で安定し始めた。

故に、一部の事業で多少の赤字を出すことも必要悪。

お金というものは、循環してこそ意味があるもの。どこか一か所に貯めて置きっぱなしにすれば、そこから動脈硬化が始まって経済が死ぬ。

魔の森の開拓という巨大事業について、今赤字を出すというのは、将来の大きな成果の為の布石であると、ペイスは言う。

「そりゃ分かりますがね。いつまでも赤字垂れ流しっぱなしってのも不味《まず》いでしょう」

「それはそうです。いつかは黒字化させなければならないでしょう」

従士長の意見に、ペイスは頷《うなず》く。

幾ら必要悪といえども悪は悪。

どこかのタイミングで、黒字転換を図らねばならない。

漫然と赤字を垂れ流すようでは領主として失格。代行としては首になる要素。

意味のある赤字でなければならず、最低限、将来の見込みぐらいは欲しい所だ。

「黒字にするにゃあ、もう一工夫欲しいところで」

シイツの呟《つぶや》くような言葉に、ペイスははっきり目を輝かせる。

座っていた椅子から飛び上がらんばかりに腰を浮かせた。

「じゃあ!!」

「坊は大人しくしていてくだせえ。若いのに考えさせるんで」

だが、ペイスの反応もシイツに抑え込まれる。

従士長に大人しくさせられた少年は、不満を口にした。

「何故です」

「そりゃ、坊だとどうせ菓子のことしか出てこねえからでさぁ」

「不本意な評価です」

シイツは、ペイスの頭の中はお菓子のことしかないと言う。

事実である。

モルテールン家の人間ならば既に周知の事実、既知の常識であるのだが、なまじお菓子の為に他の部分も結果を出してしまうから質《たち》が悪い。

このままチョコレート村のことも任せっきりにしてしまえば、本気でお菓子に染まった、採算度外視赤字塗《まみ》れの異常事態になりかねないと、シイツは考える。

「妥当な評価だと思ってますんで。それに、若い連中を鍛えるのも大事でしょうが」

「まぁ、それは確かに」

従士長も、勿論ペイスのことは理解している。お菓子馬鹿である点を踏まえても、ペイスは結果を出すだろう。自分の不安など、払拭《ふっしょく》するぐらいの成果を出して、チョコレート村の運営を黒字にしてみせる可能性は高い。お菓子だらけの大赤字運営になる危険など、杞憂《きゆう》かもしれない。

しかし、理解したうえでペイスを抑えているのだ。

従士長たるもの、領地全体の一部にのみ拘《こだわ》り、そこだけに焦点をあてた政策を推進するわけにはいかない。

考えるべきは、領地全体のこと。そして、モルテールン家という貴族家にとって、最良の選択を考えること。

今、モルテールン家にとって最も大事なことは何か。

それは、人材育成である。

ペイスに曰《いわ》く、人は城、人は石垣、人は堀。

優秀な人材を育てることは、モルテールン家にとっては重要な政策だ。

特に、従士長シイツや領主カセロールは四十代も後半。そろそろ五十という年が見えてきている。

十代で結婚や出産をすることが当たり前なこの国においては、十分に高齢といえる年齢だ。

若い者に席を譲り、後進の指導や補佐という形の脇役になっても不思議はない世代。

幸いにして、領主についてはペイスという後継者がいる。スイーツ脳という欠点はあれど成果も出し、功績も大きい。カセロールが引退しても、大丈夫だろうという安心感はある。

問題は、シイツの後継者だ。

今のところ領内の工事一切を取り仕切る、工務担当責任者のグラサージュ辺りが後継者と見込まれているのだが、彼とて若いとは言い難い。

今の若い世代。ペイスと同年代の十代や、或いは二十代ぐらいの連中から、使えそうな幹部を育成しておくことが求められている。

ほかならぬペイスが領主になった時。シイツが居なくても、今以上に領地運営が安定しなければ困るのだ。

「領内の産業振興を主導させる。いい経験になるでしょうぜ」

チョコレート村は、全くのゼロから作った開拓村。

産業をゼロから興《おこ》し、流通網や交通網をゼロから整備し、防備体制や治安維持体制をゼロから作る。

こんな良い教材は滅多にない。

シイツやカセロールたち、親の世代がこの三十年苦労してきたことを同じように経験するということだ。

自分たちの経験を伝え、知識を繋ぐためにも、ペイスが出しゃばっては勿体ない。

若い連中に任せ、ペイスはそっと見守るぐらいで良いのではないか。

シイツの言葉に含まれる意味を理解するペイスは、不本意ながら頷くしかない。

「では、彼らにヒントぐらいは良《い》いでしょう?」

「手加減を忘れねえってんなら、良いでしょうよ」

ペイスも、チョコレート村の開拓は成功させたい訳で、あまりに不出来なようなら口を出すと決めている。

後進の指導というのは重要であるが、それでチョコレート村が潰れてしまっては本末転倒だからだ。

「問題がないのが一番ですが、何かあれば介入しますからね」

「へいへい」

従士長は、自分の仕事が増えないのなら、ペイスのやることには基本的に傍観を貫くと決めた。

「問題といやあ」

「はい？」

「ドロバ家の息子。最近いろいろとやらかしてるらしいですぜ」

「コアンの息子？　マルクが学校で何かやらかしましたか？」

シイツの元には日々いろいろな報告が集まる。

時折どこかに居なくなる領主代行ではなく、一旦従士長に報告を預ける辺り、モルテールン家の面々は効率的な仕事のやり方というのを分かっている。

面倒なことをいつまでも抱えるのではなく、さっさと偉い人に預けてしまえというやり方。賢いといえば賢いが、狡《ずる》いといえば狡い。

尚、このやり方は悪い大人たちが後進にこっそり教えている、公然となっている裏技である。

数多く集まる報告には、特にモルテールン家に雇われているわけではない人間についても報告があった。

重臣クラスの家族の話題などは、スパイがうじゃうじゃいるモルテールン領では繊細に取り扱うべき情報だろう。

「いやいや。弟のほうでさぁ。クーの奴が、最近はなかなかヤンチャをしでかしてるってぇ報告がありやした」

「コアンも頭が痛いでしょうね」

「単身赴任で王都に居るもんで、怖い親父が居ないからと。まあ、寂しさもあるのかもしれませんぜ？」

クインス＝ドロバ。

マルカルロ＝ドロバの弟であり、コアントロー＝ドロバの息子である。

まだまだやんちゃ盛りの年頃であり、ここ最近では往年のルミやマルクのように元気いっぱいで悪戯《いたずら》をしている。

近頃はちゃんと勉強をして大人な振る舞いができるようになったマルカルロに比べれば、往年のマルクを思わせるクソガキっぷりだという。

「この間も、魔の森にこっそり行こうとして巡回の連中に捕まりそうになって。逃げだしゃ逃げるで木登りやら隠れるのやらが滅法《めっぽう》うまいもんだから捕まえるのにも一苦労って話で。屋根の上を走り回ったと聞いた時ぁ、落ちたらどうすると説教してやりました」

「将来が楽しみですね」

「そう言えるうちが華で」

「得意なことがあるのは良いことです。マルクやルミは石投げが得意でした。あれもなかなか、大人に目玉を食らったものです」

まだ幼い時分の少年が、変に縮こまっていると逆に不気味。

やりすぎれば叱るのも愛情だが、ほどほどに羽目を外させてやるのも大事なことだと、ペイスは頷く。

ガキの悪さは今更かと、従士長などは呆れること頻《しき》りである。

「しかしまあ、悪ガキは悪ガキでも、坊と比べりゃ可愛いもんで」

「不本意な評価ですね。僕はごく普通の模範生ですよ」

どこがどう模範なのかと、シイツはペイスの言葉に半笑いで応えるのだった。

視察

モルテールン領ザースデン北方。

神王国南西部の端にあるモルテールン領は、北に巨大な森を抱えている。一つの国を収めても余るほどの広大な森であるが、利用できる土地などかつては皆無だった。

手柄を立てた褒美《ほうび》に丸ごと貰《もら》った森ではあるのだが、人の手が一切入っていなかった森なので、森の奥に関しては未知のまま。

何より、この森は原生林。太古の昔から存在する大自然であり、恐ろしい怪物が住むとされている。事実かどうかを確かめようとした者も過去には居たのだが、それらは全て失敗した。失敗の代償が命であることを思えば、好奇心の代価としては不釣り合いに過ぎる。

人を呑み込んで帰すことがない。それゆえに、世の人からは魔の森と呼ばれていた。

しかし、拝領した土地が如何なるものかを調べるのは領主の務めである。ましてや、魔の森に怪物が住むという都市伝説が、大龍の出現によって事実と確定したのなら猶更《なおさら》。化け物が、大龍一体だけであるという楽観論を、誰が信じるというのか。他にも凶悪な魔物が住んでいると思うほうが自然である。

すぐ傍に、得体の知れない怪物の住む森がある。これは、未知というものが生み出す恐怖そのものだろう。

モルテールン家も、少しでも未知を減らすべく魔の森の開拓と調査に着手した。

ここで、魔の森の開拓について、口と手を挟んできた存在がある。

レーテシュ伯爵家とフバーレク辺境伯家だ。

前者は同じ地縁を持つ地域閥《ちいきばつ》として、後者は同じ軍家閥《ぐんか》かつ縁戚として、モルテールンと強い結びつきを持つ大家。

魔の森の開拓が進めば、魔の森そのものが大きな富を生む可能性があると考えた両家は、モルテールン家に助力を申し出た。

要は、美味しそうな話にいっちょ噛《か》ませろと口を挟んできたのだ。

モルテールン家の、より正確には次期領主ペイストリーの力量と先見性の確かさを踏まえ、余人では不可能であった魔の森の開拓も、モルテールン家であれば可能と見越してのことである。信頼といってもいいし、あいつならできるだろうという、能力と実績に対する信用と言い換えてもいい。かつて不可能といわれていた不毛のモルテールン領の開拓に成功したのなら、同じく不可能といわれる魔の森の開拓も成功させるに違いない。唾《つば》をつけるなら今のうちであると。

モルテールン子爵家当主カセロールは、この動きを受けて第三者の助力を求めると決める。

手が足りないとペイスが動いたということもあるのだが、自身の勤める国軍から助力を受け、国王陛下とのコネを活《い》かして大隊を一隊借り受けたのだ。

国軍の中でも精鋭といわれる部隊を借りる。モルテールン家の、国家と王家に対する影響力の強さがうかがえる話である。下手な貴族なら、国軍を動かすなどできない。

モルテールン家からたっての願いというのであれば、国王とて無下《むげ》にはできないし、国内貴族も反対しづらいのだ。

自分に損があるわけでもないことに、面と向かって反対してモルテールン家をわざわざ敵にするより、傍観しておいたほうがマシというもの。

何より、駐屯にかかる経費はモルテールン家が持つというのが良い。維持費も馬鹿にならない軍隊。その一部であっても、国庫負担が減るというのだから、特に内務系の宮廷貴族は歓迎した。

浮いた予算は美味しい利権である。

この国軍の部隊。

王からの勅命も受け、大義名分をもってモルテールン領に駐在している。

具体的には、魔の森の開拓事業を手伝っている。

モルテールン家の雇用している人材と共に、朝から晩まで魔の森でお仕事。

おはようと共に鹿をぶっ殺し、高く昇った太陽と共にイノシシを張り倒し、寝る前のまったりとした食後の運動に、巨大蜂を切り刻む。

実にほのぼのとした、楽しい楽しい実戦漬けの毎日である。

「バッツィエン子爵」

駐屯部隊の大隊長である筋肉の塊《かたまり》。

バッツィエン子爵に対して、ペイスが声をかける。

「おお、モルテールン卿ではないか。相変わらず引き締まった良い筋肉をしているな」

サイドチェストのポーズを決めながら、大隊長はペイスを迎えた。笑顔もきらりと光る。

彼らからすれば、モルテールン家は戦友であり、ペイスは同類なのだ。

「大隊長としての任務、ご苦労様です」

「なに、王命であるからな。任務に邁進《まいしん》するのは当然のこと。鍛えられた筋肉にとっては、たやすいことだとも」

ペイスが魔の森のチョコレート村に来たのは、視察のため。

区切りのいい収支報告があったあとの、見回りだ。これが不正防止にとても役立つ。

世の中の会計というものには、必ず不正や腐敗がついて回る。善良な人間であっても、バレないと分かるとつい出来心で不正をしてしまうことがあるのだ。

開拓村に関しては、予算が潤沢《じゅんたく》についている。山のような金貨を見て、ちょっと一枚ぐらいと魔が差さないとも限らないわけで、時折ペイスが視察に来るという抑止力は大事なことだ。

警察官立ち寄り所で万引きが減るようなものである。

「閣下のお陰で、当家も助かっております」

「持ちつ持たれつだ、ペイストリー＝モルテールン卿。我々としても軍功として正式に認められる軍事行動であるし、余禄《よろく》も多い。実戦経験も積める。感謝しているぐらいだ」

「恐縮です」

国軍を動かす場合、訓練でない活動は軍事行動である。

訓練であっても場所によっては外交的威圧になったりもするのだが、モルテールン領での活動は、訓練よりはもう一段か二段上のレベルの行動だ。

実際に、命を懸けて戦う作戦行動。

例え相手が人間でなかったとしても、この世界では立派な軍の仕事である。つまり、活躍した人間は正式に功績を認められて、出世や勲章といった褒美もあり得るということ。

敵国と戦うのと、未知の開拓地で戦うのと、どちらが厳しい戦いであるかは議論の余地もあろうが、何にせよ軍人として本分に邁進《まいしん》する機会を与えられたのは喜ばしいことだと、バッツィエン子爵は大胸筋を張る。

「何より、軍人は戦ってこそだ。訓練も大事だが、やはり実戦こそ筋肉が活かせるというもの。我々が最精鋭と呼ばれる日も近いというものだ」

「それはそれは、重畳《ちょうじょう》です。父も、うかうかとしていられないところですね」

「うむ」

大隊の席次は、隊の番号が若いほうが上とされていた。

例えば第一大隊の隊長はここ三代続けてカドレチェク系派閥の指定席となっている。王族の近くを守ることも多いし、基本的に王都を守る戦力だ。

外征を行うことはまずないため、実力はともかく気質的に穏やかな人間が多いともいわれている。人をぶっ殺す訓練よりも、貴人を守る訓練に主眼を置いているのが伝統だ。

第二大隊の隊長はその時々で違う。今はモルテールン子爵カセロールがその任にあるが、国軍の有事戦力というならここが最強部隊になる。

どの代も、最精鋭と呼ばれる人間が第二大隊に所属していて、訓練もとにかく厳しいと評判だ。

第三大隊を纏《まと》めるバッツィエン子爵としては、いずれは自分が第二大隊を預かるようになりたいとも思っている。

何もカセロールを蹴落とそうという訳ではないが、より高い評価を得たいというのは健全な競争心というもの。

魔の森開拓戦線で、もしも大手柄をあげられたなら。

これは、ぐっと目標に近づく。

バッツィエン子爵は、筋肉と気持ちを張り切らせて、職務に邁進中である。

「開拓の進捗はどうですか？」

「うむ、順調である」

子爵は、開拓村の防衛責任者でもある。

ペイスの指揮下に、とりわけ具体的には第二大隊隊長たるモルテールン子爵の代行の指揮下に入っており、開拓の進捗もよく知る立場だ。

責任者として、ペイスに問われたことには自信をもって答える。

「堀や囲いは大分広くなりましたね」

「うむ。魔法使いが大勢居るからして、作業の進み方が異常だな」

初めは小さなものであった開拓村も、幾度かの拡張を経て、目下大都市レベルの広さを確保するに至った。

中身の拡充はまだまだこれからだが、魔の森の化け物が襲ってきても耐えうるだけの防備を備えた街が、できつつあるのだ。

東京ドームが何十個入るだろうか。

広さと堅牢さを兼ね備えた塀や堀は、大隊長としても頼もしく思えるものである。

「囲いの拡張と強化はそろそろ終わりにして、今は自給体制の拡充に手をつけているようだ」

「報告は聞いていますが、もうそこまで行きましたか」

「コローナ女史がかなり張り切っているぞ。代官として、土地を任されたのだと嬉《うれ》しそうにしていた」

「ははは、そうですか」

モルテールン家従士コローナ＝ミル＝ハースキヴィ。

ハースキヴィ準男爵家の親戚の娘である。二十代の若手ながら武腕に優れ、治安維持に関してそこそこ経験を積んだのち、若手であるにもかかわらず大抜擢《ばってき》を受けてチョコレート村の代官に就任している。

ハースキヴィ家はモルテールン家とも縁戚であるから、ペイスとコローナは遠縁の親戚。親族ということでの抜擢と揶揄《やゆ》されたりもするのだが、ペイスやカセロールといった上層部はコローナの真面目な性格や堅実な対応を非常に高く評価している。

ある程度の裁量を任せるにあたって、不正を嫌う一本気な性格が適任と評価されての大抜擢。譜代の生え抜きでなく外様《とざま》の新人が重責を担うことになった点について、一時はモルテールン領内でもざわついたものだ。

「我々との連携も十分だ。彼女は実に素晴らしいな」

「お褒めいただき、上司として嬉しく思います」

「彼女なら、ぜひとも当家に来てもらいたいのだが……」

「うちの将来の幹部を、引き抜かないでくださいよ」

「むむ……シイツ殿といい、コローナ女史といい。モルテールン家の人材は豊富なのだな。実に羨《うらや》ましい」

バッツィエン子爵家は、以前モルテールン家従士長のシイツを本気で引き抜こうとしたことがある。彼の奥さんが、バッツィエン子爵家に連なる女性だからだ。

子爵家の縁戚の美女がシイツを射止めたことで、シイツを子爵家に迎え入れる名分ができたと、堂々とした申し入れであったのだが、勿論モルテールン家としては断った。

シイツの自由意志の結果、今もモルテールン家でシイツは活躍している。

バッツィエン子爵もシイツがモルテールン家に忠誠を誓う様を好意的に受け止め、引き抜きは諦めた。

しかし、それでも未だに未練を覗《のぞ》かせる辺り、バッツィエン子爵家も強く人材を欲しているのだろう。

あまり好ましい話題ではないと、ペイスはこっそり話題を変える。

「魔の森の開拓も、順調。結構なことです。土地を囲い込めるようになったなら、次の段階へいきましょうか」

「次の段階？」

バッツィエン子爵が、ペイスの言葉に対して不思議そうな顔をした。

「土地の活用ですよ」

ペイスの見る視線の先には、活力あふれるチョコレート村があった。

酒造り

モルテールン領の西ノ村《コッヒエン》。

ごくごくありふれた農村といった外観と風貌であるこの村は、昔から村人の質が違う。勤勉であり、領主に対する忠誠心が篤《あつ》いのだ。理由はといえば、この村の特異性にある。

常日頃から隠し事の多いモルテールン領では、重要なものは大抵コッヒエンにあるのだ。隠しているといっていい。

行こうとすれば必ず本村を通らねば行けない場所にあり、神王国各領へ通じるメインの道路からは直接行けないし、何より存在そのものが口外法度《こうがいはっと》である。

モルテールンに昔から住んでいる地元民でなければそんな村があることも知らないし、分からない。最近は移住してきた人間も増えているのだが、知らなければそもそも漏《も》れることもないという判断だ。

従士の中でも新人たちには知らされておらず、先輩格でも知るものは限られるという、本当に隠された村。

モルテールン領の中でも、地図にすら載せない村。空から偵察でもしない限りは、まず知られることはない。

このコッヒェンでは、他の村で採れたサトウモロコシから作られるモロコシ糖の製糖や、新作物の栽培試験などが行われている。

モルテールン領のメイン事業の根幹と、将来の為の知識の結晶が、ここにあるといっていい。今では製糖は他の村でもされているが、これはコッヒェンで得られた知見を他の村に広げたからだ。隠して細々とやる段階は過ぎたと判断された結果、他の村でも砂糖が作られるようになった。

製糖の効率化や品種改良などもこの村で行われていたりするのだが、これはペイスとカセロール、そしてシイツ他三人ほどしか知らない事業である。

開拓村としての歴史はかなり古いのだが、水場の都合上で開拓当初から本村からやや離れた場所に位置していた。故に元々本村と一体運用されていた過去があり、領地経営が黒字化して以降は本村の運営と切り離して秘匿《ひとく》を主眼にしだしたというのがこの村の成り立ち。

大事な大事な、モルテールン領の宝箱といっていい。

そして、特別な酒造所もある。

モロコシ酒はそれなりに醸造所も幾つか作られていて、本村でも作っていたりするのだが、酒の改良や製造法の研究などは他にバレて盗まれる訳にもいかず、こうしてコッヒェンに隠している訳だ。

知的財産の保護という概念もなく、技術や知識は奪われたなら泣き寝入りしかない世界。情報防衛や職人の保護にはどれだけ気を使っても気遣いすぎるということはない。

知識は財産であるが、力なきものの財産は力ずくで奪われてしまう世界なのだ。世知辛《せちがら》い話である。

新しい酒造方法を試す、醸造所。

毎日絶えることなく酒の匂いをさせる場所。

香りだけで酔っぱらってしまいそうな酒の聖地に、ペイスは足を運んでいた。

勿論、一杯飲みに来たなどと寝ぼけた話ではない。

「親方、酒造りの調子はどうですか？」

「こりゃ、若様。呼んでいただければ儂《わし》のほうから出向きましたものを、失礼致しました」

「いえ、様子伺いですから、そこまで堅苦しいものではありませんよ」

ペイスの声かけに反応したのは、五十も幾つか越えたであろう男性。

この世界では既に老人といわれる年の、浅黒い肌をした職人である。腰も幾分か曲がり始めているし、顔には幾つもの皺《しわ》があった。髪も白いものが多く雑じっているし、片目には白い濁りも見えた。手にも黒くくすんだ汚れが定着していて、長い年月を技術者として生きてきた年輪を感じさせる。

元々はとある男爵領でワインを製造していた職人であったのだが、諸般の事情から酒造りができなくなったところ、モルテールン家に拾われた経歴を持つ。酒造り一筋に生きてきた、生粋《きっすい》の技術屋。

ワイン造りの腕は一流といってよく、醸造の知識も持っていた。細菌学などの知識は知らなかったが、経験則と師匠からの教えで、目に見えない何かの存在が酒造りに大きな役割を果たしていると理解していた人物である。

モロコシ酒の製造販売が軌道に乗ったのも、彼の力がかなり大きな部分を占める。ペイスが幾ら酒の作り方を分かっていたとしても、味の改良や南大陸に適した醸造法の模索などは、地道に経験を積んだ人間に敵《かな》うはずもない。

しかし、幾ら熟練のワイン職人といえども、モロコシ酒などというものはモルテールン領に来てから初めて作ったもの。ワイン造りとは勝手の違う部分も多く、未だに試行錯誤の毎日。コツコツと仮説を立てては条件を試し、結果が出ればそれを検証し、また仮説を立てていく。地味といえば地味な、美味しい酒造りへの拘りと情熱を持つ男だ。

職人精神に通じるものがあったのか、ペイスと彼は大変親密に付き合っている。ツーと言えばカーと答えるぐらいには以心伝心であり、職人もペイスのことは信頼していた。そこらの金儲けしか考えていないような貴族とは違う。酒の味も、酒造りの何たるかも知らずに、ちょっと齧《かじ》っただけの知識で訳知り顔に蘊蓄《うんちく》を語ったりもしない。結果を焦って急かすこともなければ、無駄に予算を削ることもない。

物作りをする人間にとっては、理解のある支援者《パトロン》ほどありがたいものはないのである。

「大分、体制が整ってきましたね」

「ありがたいことです。ここまで自由にやらせてもらえるたあ、職人冥利《みょうり》に尽きます」

人手不足甚だしいモルテールン領ではあるが、酒造りはほかならぬ領主カセロールの肝入り事業。他にも従士長シイツを筆頭に、酒造りを重視する者は多い。飲兵衛《のんべえ》集団が自分たちの酒の為に助力を惜しむことはない。

故に、人手もできる限り融通をつけ、親方の下に集めていた。

足りぬ足りぬと人手不足を嘆きながら、酒造りには手を抜かないのだ。シイツに曰く、カセロールは、やはりペイスの父親だとのこと。

若手や未経験者もどんどん配属し、人材育成も行ってきた現状。

最近になり、ようやくまともな酒造体制、研究体制が完成したとは、親方の弁である。

落ち着いて酒造りに邁進し、いずれは世界一の酒と呼ばれるものを作ってみせると豪語する。

ペイスと通じるものとは、ここら辺にあるのかもしれない。

「酒造りは順調ですか？」

「ええ、勿論。従士長が時折様子を見に来てくださいますし、その都度相談しておりますので」

親方の言葉に、ペイスはピクリと反応を見せる。

「シイツも公私混同が酷《ひど》いですね」

従士長として忙しいはずなのに、暇を見ては酒造りの様子を見に来る。

勿論、ただ見て終わりというはずもないだろう。状況確認の建前の元、ちょっと一杯とやらかしているに違いないのだ。

ペイスの顔が険しくなった辺りで、親方は慌ててシイツのフォローを口にする。

「お陰様で風通しの良さを感じとります。儂らも堅苦しいのは苦手なもんで」

「シイツは話しやすいと？」

「まあ。若様が話しづらいという訳じゃあないんですが、やはり年の近いほうが話しやすいもんで」

「元傭兵ですしね」

「それもあります」

上手くフォローができたと思ったのだろう。明らかにほっとした安堵の表情を見せる職人。

ペイスとしても、シイツがきちんと仕事をした上で要領よく余禄を頂いていると分かっているので、怒ることもない。

気楽な会話で、親方はペイスと雑談に花を咲かせる。

そのまま、酒造りの話をしつつ貯蔵室に足を運ぶ。

本格的な保管場所ではないが、そこそこの広さのある場所だ。

「こっちが、今年の新作です」

「ほう」

ペイスは、自分の背丈より大きい樽をポンと叩く。

「今年は三つばかり新しいことを試そうとしているところでして」

「具体的には？」

「麦が豊作だっちゅう話なもんで、新しい麦酒を試そうとしているのが一つ。モロコシ酒の味について、醸造の温度をいろいろと変えて試そうっちゅうのが一つ。……若様もご存じの〝アレ〟で、温度管理しとります」

「アレですね」

ペイスと親方の言うアレとは、魔法のことである。

モルテールン家の強みとは魔法にあると感じているペイスは、研究所の努力で得られた魔法技術を、諸々の生産に活かす試みをしていた。

具体的には、職人に【発火】などの魔法を使わせている。

職人としての温度管理の知識と、手軽に温度を調整できる魔法の組み合わせは、上手くいきそうだと親方も手ごたえを感じていた。

世界広しといえど、魔法を使って酒造りをしているところなど、モルテールン領だけであると断言できる。

魔法の無駄遣いというなかれ。美味しいものを作ることこそモルテールンのあり方であるというペイスの意見で、積極的に研究されているのだ。

親方や職人衆の魔法の知見は研究所に還元され、また新たな生産技術の研究開発に活かされることになる。

知識こそ力。知識こそ財産。知識こそ更なる知識の源。

モルテールン家は、順調に知識というパワーを領内に蓄えつつある。

「それで、もう一つは？」

「材料のブレンドっちゅうやつを試そうとしとります。発酵の時は糖分が多いほど酒精が強くなるもんで、それなら純粋な砂糖をぶちこんで、葡萄酒作ったらどうなるんだと」

「面白い試みですね」

「上手くいけば、極めつけに強いワインができます。酒精が強いもんは熟成も長い間耐えるってんで、ひょっとすりゃこれまでにない超長期熟成ワインになるんじゃねえか、なんてえ話を」

「分かりました。そのまま試行錯誤を続けてください。美味しいお酒ができれば、僕も嬉しい」

主にスイーツに使えるから、とはペイスは言わなかった。

心の中で思っただけだ。

しばらく、醸造所の中を見回るペイス。

一応は領主代行なので、問題がないかを自分の眼で確認することは大事な仕事だ。


「ところで親方、折り入ってご相談なのですが」

「何でしょう」

見回りもひと通り終わった頃。

ペイスは職人に相談を持ちかける。

「有望な若手を一人か二人。長期で借りられませんか？」

「若様の相談とありゃ、何とか都合をつけてみせますが……今は、ようやく人が育ってきたばかりのとこでして。若手でも、動かすと今の酒造りに支障が出ますが」

「構いません。その為に、僕が動いたのですから。シイツや父様あたりだと、今の酒造りが僅かでも縮小するのを厭《いと》うでしょう」

酒が好きな連中が、酒造りの停滞を許容するはずもないが、やろうとしていることは今後のモルテールン領に必要なことであるとペイスは確信している。

故に、自分が率先して動く。

「それで、若いのを連れて、何をなさるんです？」

「蒸留酒造り。チョコレート村で、ウイスキーを作ろうと思いまして」

ペイスの鼻先を、アルコールの香りが擽《くすぐ》っていった。

急使

モルテールン領チョコレート村。

お菓子馬鹿のペイスが、自分の趣味全開で名づけた村であり、〝大量の魔法使い〟を動員して作られた城壁都市である。

既に防壁は三重に囲まれ、数千人単位で人が居住できるような状態にあった。今は住人も千に満たないのだが、いずれは都市と呼ばれるようになるかもしれない。

国軍大隊も駐屯地を設けており、目下のところ神王国における戦いの最前線。

魔の森の化け物を相手に、日夜戦いを繰り広げる魔境への橋頭保《きょうとうほ》だ。

「それじゃあ、我らが最強の精鋭部隊諸君、今日も頑張ろう!!」

ペイスの掛け声に、おおと大勢の声が重なる。

唱和された野太い叫びに、森の木々が枝葉を揺らすほどだ。

ペイスが精鋭部隊と呼んだのは、モルテールン家の雇用する常備兵。

その中でも、選りすぐりに選りすぐりを重ねた、虎の子部隊である。

何をもって虎の子と呼ぶのか。

それは、この部隊の兵士たちは〝魔法を使う〟からである。全員が、例外なく魔法使いと呼ばれる部隊。口の堅いモルテールン生え抜きの人間だけで構成されていて、金でも女でも、お菓子でも釣られない忠誠心も持つ。

統計的に二万人に一人といわれる魔法使い。

それが、五十人を超える規模で運用されているのが、モルテールン魔法部隊。通称、ペイス部隊。別命奇人隊。

他の領地貴族がまともに同じ運用をしようと思えば、魔法使いの数を揃えるだけでも、統計的に百万人都市を抱えていなければ不可能だ。それも最低限で。

つまり、王都なみの都市を抱えていなければできないということ。一都市で百万を超えるような大都市を抱える地方領は、神王国には存在しない。

更に異常なことは、モルテールン魔法部隊の魔法使いたちは〝全員が同じ魔法を使う〟のである。一人一人が違う魔法を使うのが当たり前の、魔法使いの常識。それをせせら笑うかの如く無視した非常識の塊。変態の所業である。

何故こんな運用ができているのかといえば、モルテールン家の極秘技術である、魔法の飴の効果だ。

モルテールン領立研究所の研究成果もあって、飴を舐《な》めることで魔法を使えるようになるというのがその正体。軽金や龍金《りゅうきん》は更に上位互換であったりもするのだが、これはコスト的に厳しい。飴という、元々消耗品である嗜好品であるからこそ、部隊として運用ができるのだ。

この部隊運用の最も優れている点は、統一した魔法を訓練された兵士が画一的に使うという点である。

足並みを揃えて使われる魔法の凄さは、不可能を可能にする。個別単体で使うよりも何倍、何十倍もの効果が出るような、相乗効果を生み出すのだ。

単に五十人集めているだけではない。集団にするだけの意味がある。

そもそも、現代において銃火器が近代戦において主役となっていったのは何故か。

答えは幾つもあろうが、その一つの解は統一性にある。

素人のような兵士であろうと、熟練の兵士であろうと、銃の威力は皆一様だ。子供が撃ったとしても、銃の威力が弱くなるわけではないし、病人だろうが少年少女だろうが、敵を倒せる。

戦力の均一化が図られたことで生まれたのは、兵士の互換性。ある程度の訓練を行っていれば、兵士の補充や交代が容易に行えるようになるのだ。

怪我人を後送し、代わりに人を入れる。交代要員が入ったところで、入る前と同じような戦力を維持できる。

兵士の統一規格とでもいおうか。

規格が決まっていれば、例えば電池の場合、単三電池はどれを買ってもサイズが同じで電圧も同じ。一つ駄目になったものを交換するのに、新品ならば電池を選別する必要はない。

人の命を数字で計算するという非人道的な行為に目を瞑《つむ》れば、兵士の規格化というものも合理性を含む。

同じことが、魔法部隊にもいえる。

本来ならば魔法が持つ属人性を排し、均一性を持った魔法使い。

例えば五人組で作戦行動をとる場合、魔法部隊の誰を五人選んでもそこそこ同じ成果を出せるようになった。

これは、魔法を戦いに使用するにあたっては革命の如く画期的なこと。なのだが、この隊の生みの親は、戦いに用いる気などさらさらない。

彼の目的はただ一つ。スイーツの為。

唯一絶対スイーツ教の教祖が、この部隊の生みの親である。

「総員、構え!!」

ペイスの号令で、魔法部隊がチョコレート村の崖に向かって構える。

軽く百メートルはありそうな高い高い壁のような崖だ。

真正面に崖を見据えれば、左右がずっと崖。どこまでも続いているように見える。

バニラの崖とも呼ばれ始めている、魔の森中心部と外縁部を隔てる境界線のようなもの。

「目標、崖の中腹。【掘削《くっさく》】!!」

「【掘削】」

号令一下。ごう、と物凄い音が轟く。

すわ、龍の咆哮《ほうこう》かと駐屯していた国軍兵士が身構えてしまうほどの大きな音。

近所迷惑も甚だしいが、やっている人間たちも耳を押さえるものがちらほら居た。

「上出来です」

ペイスは、魔法の結果を見て上機嫌で頷く。

崖の中にぽっかり空いた空間。

奥がどこまで続いているのか、一見するだけでは分からないほどの大穴だ。

率先して穴の中に入ったペイスは、崖の壁の様子や、掘られた跡を入念に観察する。

「壁を固めるのも上手くできています。穴の大きさもほぼ注文どおり。もう少し大きくてもいいとも思いますが、許容範囲ですね」

「は、ありがとうございます」

「魔法というのは、やはり役に立ちますね」

「それはそう思います。しかし……魔法をこんなことに使うなんて」

魔法部隊の指揮官の一人。

ヤント＝アイドリハッパが、独り言のようにぼやく。

ペイスの幼馴染《おさななじみ》であるルミの兄。そして若手のイケメンとして名高いラミトの弟。当人も、兄や妹とよく似て中々に端正な顔立ちをしていて、領内の女性人気は上々。

アイドリハッパ家の次男として、譜代の強みを活かして魔法部隊の一隊を預かる大抜擢を受けた青年である。

一時期は荒れたこともあったのだが、長じるにつけて元来の明晰《めいせき》さを発揮し、親の代からモルテールンに仕えているという忠誠心も見込まれて、責任ある地位に就いた。

そのヤントから見れば、魔法を使って穴掘りなどというのはどうにも違和感が拭えない事態である。目の前に非常識が起きることについては、最早慣れた。魔法使いが五十と一人居て、全員が同じ魔法を使えることなど。彼の上司である菓子狂いのやらかしてきたことに比べれば、まだ常識的な部類である。

納得はできないが、理解はする。だが、それはそれとして常識と呼ぶ理性の部分が、魔法の使い方について盛大な危険信号を鳴らしているのだ。

「こんなこととはお言葉ですね」

「いや、だって、新しい酒を造る為に、魔法部隊を動かすって、おかしくないですか？」

「そうでしょうか」

ペイスが魔法部隊を動かしている理由。

それは〝ウイスキー作り〟の為である。

蒸留した酒を樽で寝かせる冷暗所を作る為、崖の中をくりぬいて保管場所を作ろうとしているのだ。麦酒を蒸留して作られるウイスキーは、蒸留酒としては最も知られたものの一つ。古来から作られてきたお酒の一種だ。少なくとも、ペイスとしては常識の範疇《はんちゅう》に含まれる。

ウイスキーを知らない人間のほうが珍しいし、飲んだことはないとしても、見たことのある人間ならば子供にも居るはず。

ただし、現代ならば。

この世界においては、蒸留酒というのはまずない。

特に神王国では、蒸留酒は殆《ほとん》ど作られていない。

これは、神王国自体が国家として新しいというのもある。戦いを重ねながら大きくなった国であるから、蒸留という大きな手間をかけるぐらいなら、そのまま普通の酒を飲んだほうがいいという考え方が根づいてしまっているのだ。

手間暇をかけて少量の美味しいものを用意するより、質はそこそこでも大量に欲しい。それが、騎士の国の今までの常識だった。

「別に普通に今までの酒で良くないですか？」

「そうですね。別に今までのお酒が悪い訳ではないのですが……社会の変化を見越して、先手を打っておこうと思いまして」

「先手？」

「平和が続けば、より質の高い嗜好品《しこうひん》が求められるようになるということです」

「……よく分かりません」

ペイスが、今になって蒸留酒を作ろうとしているのは、国の中の雰囲気が変わりつつあることを肌感覚で実感しているからだ。

神王国は、親の世代では大戦を経験している。国家崩壊の間際までいった、文字どおりの総力戦を経験しているということ。戦いの続く毎日が日常であった世代だ。

過酷な経験をした世代は、心構えも違う。いつ、どんな時でも戦いに備えるべし。争いを忘れられない大人たちは多い。

しかし、子供たちの世代はどうだろうか。

神王国は、今現在隆盛の最中にある。

南部を発端とした経済成長が何年も続き、戦いが起きれば連戦連勝。外交的に西の大国とは友好的な状態にあり、東は大人しくなり、南も一度大きく叩いたばかり。

平和がこのまま続くと考えるのは、あながち妄想とは言い難い。そうあってほしいという希望的観測も含めて、落ち着いた将来を予想する人間は若い世代ほど多い。

安定した治世が続けば、次に起きるのは文化的発展。

経済的余裕は、娯楽をはじめとする文化を生み出すものだ。

翻《ひるがえ》って、酒はどうか。

平和な世が続いて高品質の嗜好品が求められるようになれば、酒もまた同じではないだろうか。

高品質の酒とは、今日明日でポンと生まれるものではない。長い年月をかけて試行錯誤を繰り返し、また維持し、苦労してこそ生まれるもの。

ましてや、蒸留酒ともなれば熟成に年単位の時間がかかる。いざ増やしましょうと思ったとして、すぐに増やせるわけがないのだ。

「故に、今のうちから将来を見越して、高価格帯の蒸留酒を作りためておくべきなのです。折角の新しい村。十年後に完成するぐらいの長期の視点で、産業振興を行う。その時が来れば、チョコレート村は、唯一無二の存在になっていることでしょう」

ペイスの言葉を、ヤントはなんとなく理解した気になった。

多分、十年後に更なる飛躍を遂げているというのは、間違いないだろう、といった程度の理解。

「やっぱり、非常識ですよ」

「失礼な。穴を掘る魔法を、穴掘りに使っているのです。有効活用でしょう」

ふふふとペイスが笑い、ヤントはペイスの傍で百面相をする。

平和な風景である。

「次は何をするんですか？」

「穴ができれば、次は棚を……おや？」

ペイスが蒸留酒貯蔵庫をガンガン作っている最中。

ザースデンから、慌てた様子の従士がやってきた。

若者は、ペイスを見るなり大急ぎの要件だと伝える。

「ペイストリー様、至急お戻りください」

「何かありましたか？」

部下の様子に、ペイスは怪訝《けげん》そうな声で尋ねる。

「レーテシュ家からの急使です。コアトン殿がわざわざお越しになられています」

「レーテシュ家の従士長が？」

ペイスは、急いで領主館に戻るのだった。

密談

モルテールン領ザースデンの領主館。

客を迎える応接室には、一人の男性がペイスを待っていた。

「ペイストリー＝モルテールン卿。突然の訪問をお詫びいたします」

「レーテシュ閣下の右腕たるコアトン殿であれば、いつでも歓迎いたしますとも。詫びには及びません。どうぞお気持ちを楽にしてください」

「そう言っていただけるとありがたいですな」

「僕のほうこそ、お待たせしてしまったようですね」

「いえいえ。急に押しかけたのは我らのほうですから、お会いできただけありがたいと思っておりますよ」

コアトン＝エンゲルス。

恰幅《かっぷく》のいい中年男性であり、神王国屈指の大家であるレーテシュ伯爵家で、従士長を務める人物だ。

若いころは腕っぷしもなかなかだといわれていた人物であり、女性当主ということで舐められがちだったレーテシュ家を支えてきた重鎮中の重鎮。

時にはレーテシュ伯の代理として外交を担うこともあり、他領にもよく知られた人物でもあった。

白髪の雑じった髪は撫でつけられて整えられており、急いで来たという割には身なりは整っている。流石《さすが》はレーテシュ家の重臣というべきだろうか。

「モルテールン領に来られたのは久しぶりではありませんか？」

「そうですな。前にお訪ねしたのは何時でしたか……咄嗟に思い出せない程度には間があります。ご無沙汰を致しておりまして」

「先に述べたとおり、レーテシュ閣下の腹心たる貴方に閉ざす扉はございませんとも。重ねて申し上げますが、いつでもお越しください」

「ありがとうございます。しかしザースデンの発展は見違えるようですな。昔の印象を抱えたままでしたから、最初は別の場所に迷い込んだのではないかと不安になるほどでして」

「それも、レーテシュ家の御尽力あってのことです」

「ははは、ご謙遜《けんそん》ですな。モルテールン卿やペイストリー殿の英邁《えいまい》にして善良な統治については、しがない一従士の私でも聞き及んでおります」

「恐縮です」

「特に、街道の整備や水路の整備が進んでいるのは見事の一言。もし〝秘密〟があるのなら、当家にもぜひご教授頂きたいものです。勿論、タダとは申しませんが」

モルテールン領の土木建築が信じられないような高効率で為される裏側には、勿論魔法の存在が有る。

硬い岩盤にぶち当たっても対処できる穴掘りの魔法や、空から見て直線を綺麗《きれい》に引ける鳥を操る魔法など、土木建築でも活かせる魔法というものは偉大である。

しかし、そんなことは他家の人間に教えられる訳もない。ましてや、油断できないレーテシュ家ともなれば猶更のこと。

「秘密などというものはありませんよ。ただ領民が汗水たらして一生懸命働いた結果です。あえて秘密というなら、モルテールンの領民性とでも申しますか」

「なるほどなるほど」

他家との折衝においては、いきなり本題から入るのは下策である。

マナー的にも悪いことだと見做《みな》されるし、世間話でお互いの緊張をほぐすのも大事。

もっとも、レーテシュ家の重鎮ともなれば世間話にもチクリと棘《とげ》がある。

モルテールン家の魔法の餡についてはレーテシュ家も大凡《おおよそ》摑《つか》んでいるが、その点をさりげなく匂わせてくる辺りが物慣れた対応というもの。

ここで下手に過剰反応してしまったり、或いは焦ってしまえば余計な情報を与えることになる。

ペイスは落ち着いて世間話を熟《こな》す。

「領民あってこその領地でしょう。そういえば、レーテシュ領も最近は活況の御様子」

「ええ。近年は領地経営も大変に上手くいっております」

謙遜すらせず、自慢げにするコアトン。

彼らの価値観からすれば、下手に遜《へりくだ》って謙遜するぐらいなら、成果を盛大にアピールするほうが得なのだ。

世の中、景気の良い所には更に金が集まるし、金のある所には人も集まる。人が集まれば情報も集まり、情報が集まれば将来の予測も正確に行えるようになるというもの。

外務閥《がいむ》に属し、国際貿易港を持つ強みを活かして多方面に伝手《つて》と人脈を持つレーテシュ家としても、情報の重要さはよく理解するところ。

情報が集まる為ならば、自慢の一つもしようというもの。

実際、レーテシュ領は景気がとても良い。

モルテールン領から神王国各地に流れる物や人は、必ずレーテシュ領を通る。必然的に、モルテールン領の活況をそのまま受けることになるのだ。

景気の良さは波及する。

そのあたりを匂わせて、ペイスもジャブを撃ったというところだろう。

お前らが儲《もう》かってるのはうちのお陰だろ、という圧力である。

だからこそ、コアトンも遜って「モルテールン家のお陰です」などとは言わない。言ってしまえば、それを根拠にモルテールン家が何かしら要求してくるかもしれないのだから。

雑談の中に生まれる、ギリギリと鍔《つば》競《ぜ》り合うやり取り。

しばらく続けば、お互いに相手の間合いも見えてくる。

「それで、今日は如何様《いかよう》な用件で？」

ペイスはいい加減焦《じ》れて、本題を促すことにした。

そもそも、南部《なんぶ》閥という、神王国南部の領地貴族が結集する派閥のトップがレーテシュ家。外務閥に属し、対アナンマナフ聖国の最前線を守る家柄だ。

神王国でも随一の海軍を保有しており、また南方交易を牛耳《ぎゅうじ》る経済強者でもある。領内に金山を含めた鉱山を幾つも抱え、農業生産力は高く、当代の当主も英邁で知られる伯爵家。

モルテールン家としても決して敵にしてはいけないと警戒する相手だ。

そこから、重要人物といって間違いのない従士長がやってくる。先ぶれもそこそこに、慌ててきた様子である。

何事かと身構えてしまうのは至極当然だろう。

さっさと本題を言え、というのがペイスの本音である。

「まずは、斯様《かよう》にぶしつけな訪問となってしまったことを改めてお詫び申し上げる。その上で、本日ここに伺ったのは、一つお願いがあってのこと」

「お願い？」

ペイスは、コアトンに対して続きを促す。お願いなどと言われれば、内容を聞くまで迂闊《うかつ》に返事もできない。

「さすれば、当家にぜひお越しいただきたいと思いまして。できれば、至急」

「……ほう」

ペイスのポーカーフェイスが、光る。

詳しい話を聞かない限りは、肯定も否定も表には出さないのは変わらない。

何があって、レーテシュ領に来いなどと言うのか。更に詳しい事情を、暗に求める。

勿論コアトンも、ペイスが求めていることは承知していた。

「卿《けい》は、聖国については勿論ご存じでしたな」

「ええ。当家としても何かと縁のある国です」

モルテールン家は、というよりペイス自身が、聖国に対して因縁がある。

聖国と向かい合う神王国南部において伸張するモルテールン家は、聖国からすればどれだけ足を引っ張っても引っ張り足りない相手。

あの手この手でモルテールン家の邪魔をしようとしてきたし、今後もしてくるだろう相手だ。

神王国と聖国が戦争になった時も、ペイスの活躍があって神王国勝利に終わっている。この時にも、散々に聖国から恨まれたことだろう。

龍の卵の騒動の時は、直接的に敵対した。モルテールン家から龍の卵を盗もうとしてきた聖国に対して、ペイスが一計を案じて偽物を摑ませ、更に賠償もせしめている。偽物で大儲けしたモルテールン家はウハウハだが、ただのペイント卵を龍の卵と信じてしまった聖国は、悔しさの極致を経験したに違いない。まさか盗んだものが偽物だったから本物を寄越《よこ》せとも言えず、主導した枢機《すうき》卿《きょう》などは頭の血管がブチ切れそうになるほど怒ったとかなんとか。

最近になって関係改善を図ろうとする動きもみられているのだが、モルテールン家としては聖国は丸ごと敵という認識である。

仮想敵ではない。明確な敵だ。

モルテールン領内で聖国人と分かれば、それだけで問答無用に取り調べを受ける程度には関係は悪い。

「では、その聖国の東方。海を渡ったところに、人の住む島があることはご存じでしょうか」

「……いえ、寡聞《かぶん》にして存じません」

神王国の南方の聖国から、更に東方となると、流石にペイスも知らない。

神王国から見れば南東ということになるのだろうが、間に小さい島が点在する南方と比べると、南東方向はただただ海があるだけという認識である。

情報は口伝《くでん》が主流という世界で、人づてにも聞けない遠方の話など、知っているほうがおかしい。

「そこには国と呼べるほどの大きなところはないのですが、それでも我が国とは違った文化を持つ人々が住んでおりまして」

「はあ」

「数年に一度程度でしょうか。たまに風と潮の都合で、彼らの船がレーテシュバルに立ち寄ることがあるのです」

「なるほど」

レーテシュバルは、レーテシュ伯爵領でも最も栄えている港町。

古来から開かれた天然の良港であり、外国の船舶もよく見かけるという。

中には相当な遠方から来ている船もあるらしく、件《くだん》の船もその中の一つだそうだ。

「その彼ら。聖国では森人《もりびと》とも呼ばれる者たちが、先だってレーテシュバルに寄港いたしました」

「はあ」

コアトンが、出されたお茶を飲みつつ、話をする。

今のところ聞く限りでは、遠い南の国の、更に遠くの東の果てに住まう人々が、海流と海風の偶然によってやってきたという話だ。

「ここからは、お人払いを」

お茶がレーテシュ産であることに触れつつ、コアトンは人払いを願った。

その時点で、碌《ろく》なことではなかろうと察するに余りある。

コアトンが使者として出向いたのも、この人払いをしての会話が目的だろう。腕っぷしが必要な場面があると分かっていたのだ。

他家のテリトリーの中で、ごく限られた少数での密談。

もしもペイスにその気があれば、或いは出来心でも起こせば、使者は襲われて殺されてしまうかもしれない。その気を減らす為にも、コアトンのようにいざという時戦える上に、秘密を守れるだけの信頼のある人物が望ましい。

つまり、コアトンである。

よっぽど、他に漏れてほしくない話題を持ってきたのだろうと、ペイスは人払いに応じた。

ペイスと、従士長シイツ。そしてコアトンという、三人だけの会談だ。

「例の〝カカオ豆〟でしたか。実は、彼らからの輸入品なのです。レーテシュ閣下が、きっとモルテールン卿であれば興味を持つはずだから、急ぎお知らせせよと」

「素晴らしい!!　そういうことであれば、ぜひとも参りましょう。さあさあ!!」

いきなり立ち上がるや、即座に動こうとしたペイス。物凄い勢いと剣幕で、コアトンに対して摑みかかる。

人払いの中でのことであったため、双方の護衛が一触即発になったのは、ペイスのせいである。

邂逅

レーテシュ伯爵領の領都《りょうと》、レーテシュバル。

神王国、いや南大陸でも指折りの大都会であるこの街は、街のどこからでも城が見えることでも有名だ。

海賊城とも名高いレーテシュ家の居城。

難攻不落の堅城としても有名ではあるのだが、近年では更に異名が増えている。

それが、神王国の金庫という異名だ。

元々海上交易で栄えたレーテシュ領ではあるが、ここ最近では陸上交易でも存在感を増している。

南部街道と呼ばれる主要街道を押さえることに成功したからだ。

元々王都とレーテシュバルを結ぶ街道には、海沿いの街道と内陸部を通る街道の二つの街道があ

った。それぞれに特徴はあるのだが、普通の人間が南部から王都に向かうにあたってはこの二つの街道のどちらかを進むしかない。逆方向もまた同じだ。

交通の便の良い所に人が集まるのが道理であるように、街道沿いは大いに栄えている。昔も今も、それは変わらない。

この街道は、本来競争を目的として作られた。

一本しか街道が通っていなかった時代は、街道のあちらこちらで関所が設けられたし、災害が起きれば唯一の街道が不通となる。

これではまともな交易もできないと、レーテシュ家と王家が協力し、二本目の街道を通した。以後、海側と陸側の街道で競争が起きて、関所の数も減り、災害にも強い交易路となったのだ。

聖国とにらみ合って海上の権益を守りながら、同時に陸上を守るのは難しい。ましてやレーテシュ家は元々神王国とは敵対していた過去があり、陸軍を増強すれば要らぬ疑いを受けかねない。陸側には味方しかいないはずなのに、何故そこに備えるのかと。

レーテシュ家としては、海上交易を守るのが主であり、陸上交易は〝交易路の保全〟が最優先であった。むしろ、安全確保をしてくれるのならば、他の家に任せるほうがいいとさえ考えていたのである。

陸上の交易路は、安く使えることがレーテシュ家の利益になった。

ところがここ最近、状況が変わった。

一つは、聖国との戦争で勝利したこと。

ちょろちょろと嫌がらせのようなことが続いていた神王国と聖国の関係性が、数年前にがらっと変わった。

ついに、武力衝突までいったのだ。

神王国の王太子が直々に軍を起こし、レーテシュ家も参戦した聖国との戦い。

紆余曲折《うよきょくせつ》はあったものの、一応は神王国側の勝利で終わっている。

聖国としては、貴重な人材も失っているし、負けたことの被害を回復させ、更に以前の水準を上回らねば、リベンジする訳にもいかない。神王国の人間に対して、強気に出ることができなくなったのだ。

つまりは、レーテシュ家としては海上権益を守るコストが大幅に下がった。

海軍の維持につぎ込んでいた人的資源や予算が浮いたとなれば、それらをそのまま陸軍の増強に充《あ》てるのは難しくない。

陸軍戦力が増強されれば、これまで外注していた陸上交易路の維持も、自前でできるようになるだろう。

王家との関係改善も大きい。

レーテシュ家は長らく王家に対して忠誠心をアピールしてきた訳だが、とりわけ当代のレーテシュ伯の結婚相手が神王国内の中立的な貴族であったことは大きなアピールになった。

結婚という、貴族にとっては最大の外交カードを、王家にとって安全と思われる相手に使ったのだ。これは、警戒心を緩めるきっかけとしては十分なものになる。

また、街道の権益を独占しようとしていた貴族が没落したことも大きい。

レーテシュ家とは親しい関係にある家が、件の独占を目論《もくろ》む貴族と戦い、勝利した。

結果として、レーテシュ家の影響力は主要二街道のどちらにも及ぶようになったのだ。

競争を目的として二つだったものが、一つの家の支配下に置かれる。

巨大な独占企業の誕生である。

関税などはレーテシュ家の思うままに決められるし、逆らうようなら流通をコントロールして物理的に干上がらせることが可能。

レーテシュ家の機嫌を損ねない為にも、街道沿いの貴族は一部を除いて自主的に贈り物をするし、何ならご機嫌取りに忙しくしている始末。

南部街道は、レーテシュ家の財政を潤す泉となった。

金がザクザクと湧き出るような有様。これが、レーテシュバルの城を指して金庫と呼ばれるに至った経緯である。

「ようこそペイストリー＝モルテールン卿。歓迎いたしますわ」

「レーテシュ閣下におかれましてはご機嫌麗《うるわ》しく存じ上げます」

ペイスが、レーテシュ伯ブリオシュに挨拶をする。

レーテシュ領が今のように桁違いの儲けを生むようになったのは、偏《ひとえ》にペイスの功績。

それを誰よりも理解している才媛は、ペイスに対して最上級のもてなしをする。

他の南部貴族が来ても当主直々に相手をすることも少なくなったが、ペイスに対しては別だ。他の誰でもない、レーテシュ伯本人が直接相手をすることが当たり前になっている。

偏に、モルテールン家とレーテシュ家が、相互にお互いが手強い相手であると認識しているからにほかならない。

「さあ、こちらへ。我々の仲ですもの。遠慮は無用でしてよ。おほほほ」

「お気遣い痛み入ります」

白々しいながら、ペイスもレーテシュ伯も笑顔で相対する。

最上級の作り笑顔という、第三者から見れば和やかに仲良く挨拶しているとしか思えない対応。

レーテシュ伯に先導されて、ペイスは応接室に入る。

勿論、この応接室も一番良い応接室だ。

王族を迎えるときにも使用する部屋といえば、どれほどのものか分かる。

部屋に入ったところで、ペイスは一人の男が既にいることに気づく。

しかし、正式に紹介されない間は、話題に触れてはいけない。それがマナーだ。少なくとも、いきなり主を無視して客人同士で会話を始めるなどというのは失礼に当たる。

「卿をお呼びする為に、とっておきのお茶菓子もご用意しましたの」

「美味しそうですね。では遠慮なくいただきます」

ソファーに座って向かい合わせになるレーテシュ伯とペイスだが、二人の間には茶菓子と茶器が置かれている。

茶菓子も、ペイスがよく知るお菓子が幾つかあった。

シュークリームなどは、ペイスがレーテシュ領に広めたといっていいお菓子である。

流石は神王国でも一、二を争うお金持ち。贅沢《ぜいたく》な素材をふんだんに使ったシュークリームは、手間暇もかけてあってペイスをして唸るほどに美味しかった。

「とても美味しいですね」

「そう言ってもらえて嬉しいわ」

おほほほと、レーテシュ伯が笑う。

口元を扇で隠した、上品な笑いだ。

「最近は、当家でもお菓子には拘るようにしておりますの」

「ほう」

「やはり、美味しいものをいつでも食べられるようにしたいですもの。そうでしょう？」

「ご尤《もっと》もかと思います」

レーテシュ伯が、何の気なしに言った、風を装った言葉のジャブ。

今のモルテールン領の主要産業は、製菓事業。砂糖や小麦、牛乳や卵などを生産し、それを加工して王都などで販売するというのが大きな利益となっている。

原材料の生産という一次産業から、製粉や製糖といった加工産業、お菓子作りという製品作りまでを一貫して行うことで、それぞれを単体で産業とするよりも遥かに効率よく利益を稼げるのだ。

レーテシュ伯は、それに対してチクリと釘《くぎ》を刺した。

流通に関して、自分たちを忘れてくれるなという話だ。〝いつでも〟食べられるようにするなら、レーテシュ家も協力できるぞという匂わせであり、うちを無視するようなら産業ごと競争相手になるかもしれないぞという脅しである。

勿論、ペイスとしてもこれぐらいは言われるだろうと覚悟していた部分。

モルテールン領には海がない以上、流通に関してレーテシュ家と組むのは妥当な選択肢だ。

レーテシュ伯の意見に頷くことで、モルテールン家もレーテシュ家を蔑《ないがし》ろにはしないという意思表示をした形である。

ある程度、お互いの意思確認や、最低限のやり取りは終わったあたり。

レーテシュ伯は、先ほどからずっと存在感を放っている男性をペイスに紹介する。

「そうそう、ペイストリー＝モルテールン卿。私の友人をご紹介させてもらってもいいかしら」

「勿論です閣下」

「こちらが、サーディル諸島の森人。ジュナム族のシュムラ様ですわ」

紹介されたのは、一人の美丈夫《びじょうふ》。

ほっそりとした雰囲気で、長身にさらりと金の長髪。

透き通るような肌は色白で、目の色は緑に近い青色。

「初めまして、モルテールン卿」

「シュムラ様にお会いできたことを嬉しく思います」

レーテシュ伯が敬称をつける相手。

ペイスも、礼を尽くして挨拶《あいさつ》を交わす。

握手こそしないものの、ペイスは神王国流の敬礼をする。右手を軽く握りこんで左胸の上に置く挨拶だ。

美丈夫の青年も、敬礼を返す。いや、正確には敬礼と思われるポーズを取った。

背筋を伸ばしたまま、右手で左わき腹に、左手で右わき腹に触れるような形。丁度お腹のへそ辺りで手が交差するような、自分で自分を抱きしめるような格好だ。

イケメンがやると実に様になる。

神王国の流儀とは違うが、何がしかの礼儀作法なのだろうというのは明らか。

お互いに笑みを浮かべて、言葉を交わす。

「モルテールン卿といえば、確か同じ家名の方に大龍を討伐せしめた方が居られたと聞き及んでおりますが」

「ええ、そのとおりです」

「もしかして、貴方が？」

「僕と、僕の部下たち。そして、ボンビーノ家とその手勢で為《な》したことです」

「そうでしたか。話を聞いた時は我々もどれだけ尾鰭《おひれ》がついた噂なのかと大笑いしたものです。てっきり、大きなワニでも倒した噂話が大げさになったのかと思っておりましたが」

「大龍が出没し、当家を含む連合軍をもって討伐したのは事実であります」

「そうなのですか。なるほど、レーテシュバルには武勇に長けた剛の者が居るのですね」

うんうんと頷くシュムラと、にこにこ相槌《あいづち》をうつペイス。

隣国の隣国の、もしかしたら更に隣国かもしれない、遠方の土地より来た人間には、噂話もいろいろと遅れて届くし、曲がって伝わる。

ところが、大龍の噂話は別。何せ、事実を事実のまま伝えただけでも嘘くさいのだから。

遠方よりの客人は、まさか目の前の若者が大龍を単騎で倒したとは思わない。連合軍で倒したというのも、何千人と人数で囲って何とかしたのだろう、ぐらいに思っている。

ペイスの言葉も、大分大げさに盛って話しているなと感じるぐらいだ。

横で聞いているレーテシュ伯は、イケメンの〝勘違い〟が分かるだけに、笑いださないように真顔を作るのに夢中である。

「そちら様の噂も、幾つか聞き及んでおりますよ」

「ほほう、どういったものでしょうか」

「産物豊かで豊饒の土地であると。例えば、カカオ豆と我々が呼ぶ豆も、貴方方からもたらされたと聞いています。あの豆は、実に素晴らしい」

しばらく、雑談したあと。

「そういえば、我々の間にはカカオなる豆について、面白い話があります」

「ほう、どんなお話でしょうか」

カカオ豆については、ペイスとしても知りたい。

元々原産地は彼らの土地だというのだから。

「この世界のどこかには、至高の味の豆が生える場所があると。まあ、伝説のようなものですがね」

「伝説のカカオ豆ですって⁉」

ペイスの目には、明らかな欲望の色が浮かんでいた。

衝撃の情報

神王国王都。

貴族街の端に、こぢんまりとした邸宅がある。

モルテールン子爵邸だ。

庶民からすれば豪邸といえるのかもしれないが、国軍大隊長の任にあり、広大な領地を有する子爵閣下とは思えぬ大きさ。ちょっとばかし裕福な商家であればここ以上に大きな家屋敷を構えることができるだろう。

部屋数も一桁。応接室なども、五、六人も入れば窮屈《きゅうくつ》に感じる程度のもの。はっきり、身分と実力には見合わない、しょぼいと言ってしまっていい邸宅だ。

それでも、防諜対策だけは王城以上に厳重にされている。

特に、モルテールン子爵の執務室は、龍が襲ってきても大丈夫と豪語するほどの防備と、隣国の諜報員が束になっても叶わないと言わしめる防諜が為されていた。現代の核シェルターが裸足で逃げるレベルの部屋である。

単なる一子爵家として、またこぢんまりとした邸宅の中の設備として、これは過剰だろうか。いや、そうでもない。

どれだけ防諜しても、し足りないというのが、モルテールン子爵カセロールの本音だった。

モルテールン家にはそれだけ抱えている秘密が質も量もあるという意味でもあるが、それだけ防備しておかねばならない不確定要素があるという意味でもある。

不確定要素。つまりは、ペイスである。

彼の息子は、いつ何時どでかい機密の爆弾を持ち込むか分からない。ある日突然、世界を逆さまにひっくり返すような驚天動地《きょうてんどうち》の事件を持ち込むことも、想定しておかねばならないほど。

大龍の卵などという伝説にも存在しないブツを持ち込んだ時は、本気で息子を監禁したほうが世の為でないかと考えたほどである。

案外、お菓子作りだけさせておけば監禁も喜びそうなだけに、愛息ペイストリーは質が悪い。

屋敷の執務室。

今、件の次期領主が居る。にこにことした、笑顔で。

何とも、不気味さと不安さを感じさせるではないか。

「父様、ご無沙汰しております」

軽く挨拶する息子に、カセロールは笑顔を向ける。

カセロールの心中はともかく、息子が可愛いのは事実。

訪ねてきてくれた息子には、愛情をもって接するのができた父親というものだ。

「よく来たなペイス。急ぎの用事があると聞いて、時間を取っておいたぞ」

「ありがとうございます」

ペイスは父親に礼をする。

「母様はどうされました？　屋敷の中では見かけないようですけど」

急に訪ねてきたからか、ペイスは母親に挨拶できなかった。

父親にだけ挨拶して、母親には顔も見せずに帰る、などということをやらかせば、間違いなく母は拗《す》ねる。

アニエスの居場所を尋ねたペイスに、夫はこともなげに言う。

「グメツーナ伯爵夫人に招待されて、お茶会だ」

「グメツーナ……、農務尚書《のうむしょうしょ》ですか？」

なかなかの大物の家に呼ばれたものである。

モルテールン家が国家の重鎮として重きをなしてきているという証左なのだろうか。

「ああ。内務閥の中でも農政関係者は、伝統的に軍部に友好的だ。そこの夫人からぜひにと誘われれば、国軍大隊長の妻としては断る訳にもいかん」

「そうですね」

農業政策と軍事は、時折国内政治で同じ方向を向く。

食料は軍人も消費するものであるし、戦乱が起きれば農地にも影響が出る。開墾や開拓で農地を増やそうと思えば、護衛としての武力は必要不可欠だ。

軍の中でも重責を担い、時に国軍全体の方針にも口を出すモルテールン子爵家としては、不仲になっていいことなど何もない相手である。

むしろ、積極的に仲良くなっておくべき相手だ。

「母様に挨拶できなかったのは仕方ありません。父様からよろしくお伝えください」

「分かった」

「それにしても、母様はよく出かけるのですか？」

ペイスの問いに、父親は頷く。

「どうにも、最近はアニエスも忙しくてな」

「軍と領、どちらの影響で？」

「どちらもだ。私が軍人として国軍を掌握《しょうあく》していくに従い増える誘いも、領地が豊かになるにつれて増える誘いも。どちらも影響は大きい。更に言えば、お前の件もある」

「僕の？」

「龍の守り人を産んだ母だぞ。子育てについて話を聞きたい者は多いと思わんか？」

「ああ、確かに」

あははとペイスは笑う。

自分が社会において異常といわれる存在なのは今更のことではあるが、世に広く認められた功績のほうは一般にも分かりやすく〝凄い〟のだ。

異常なことは特別扱いで棚上げにできても、凄いことであれば真似事ぐらいはできるかもしれないと考えるのも人の性というもの。

例えばスポーツ選手がいて、生まれつき二メートル超えの恵まれた体のことなら真似しようとは思わないだろうが、優れた成績を残したというのならもしかしたら真似できるかもしれないと考える。

どうやればそんな凄い成績を残せるのかと、聞いてみたい親は居るに違いない。

あの龍の守り人、国王陛下のお覚え目出度《めでた》きペイストリーの、生みの親にして育ての母が語る。

彼《か》の天才児はこうやって育った。

などと謳《うた》えば、教育熱心な親は押し寄せること間違いない。

「あとは、不本意ながら、お菓子だ」

「おお!!」

「何故喜ぶ」

「お菓子の話なので、つい反射的に……」

無意識に身を乗り出していたペイスが、バツが悪そうにテヘペロと姿勢を戻す。

「はぁ。モルテールン印のお菓子は、他のお菓子とは一線を画す。これは、事実として王家も認めている。だからこそ、アニエスを招待するのだ」

「手土産に持ってくるから、ですか?」

「そうだ。特に、中立的立ち位置の高位貴族からの招待は、これが理由だな」

「ほうほう」

モルテールン印のお菓子は、レパートリーも豊富。

年々ペイスが商品ラインナップを増やしているので、今では王都において「お菓子はモルテールン」という評判ができているという。

当然、手に入れようとする者は多い。

しかし、モルテールン印のスイーツは、そもそも供給量が需要に追いついていないし、高級ブランド化戦略を取っていることもあって、なかなか手に入らない。

予約も基本的には受けつけないし、並んで手に入れるにしても確実性に乏しいのだ。

これが、モルテールンと敵対する派閥の人間ならば、別に構わない。あんな菓子など要らんというポーズを取れるからだ。

また、モルテールン家と親密な家ならば、わざわざ並んで買わずとも別枠で取引できる。例えばボンビーノ家のジョゼフィーネなどは定期便でのペイスのお菓子を強請《ねだ》っているし、ペイスとしても実の姉には特別扱いもしよう。

つまり、困るのは中立の人間。

お菓子は欲しいし、手に入れれば自慢もできる。だが、店に並んでまで必死に手に入れようとするのはプライドが邪魔をする。

だから、アニエスを呼びたがるのだ。

彼女が来てくれれば、手土産はお菓子一択。

アニエスとしてもお菓子目当てと分かっているから、気楽に参加できる。

「本当に、母様もお忙しいのですね」

「ああ、毎日何かしらの用事が詰まっている。過労で倒れやしないかと、不安になるほどだ」

「お察しします」

「そんなわけだ。私もあまり長くは時間も取れん。前置きはさておき、用件を聞こうか」

親子の心温まる（？）交流も悪くはないが、ペイスがただ単に遊びに来たわけもなく。

本題を聞く心構えができたと、カセロールはペイスに本題を尋ねる。

「父様。父様のお力で、王宮の方に時間の都合をつけてもらえないでしょうか」

「時間の都合？　面会の申し込みであれば通常の手続きで可能だが、相手は誰だ」

「はい、できればミロー伯にお願いがあります」

ミロー伯爵《はくしゃく》。

神王国の外務官として、外務尚書の片腕とも呼ばれる人物である。

モルテールン家を含め、南部貴族と中央との折衝《せっしょう》役をこなすこともあり、ペイストリーとも面識がある人物だ。

性格としては社交的であり、話し上手で聞き上手。外交官として各貴族の間を飛び回っている王宮貴族の一人。

「ミロー伯？　一体何の為にだ？」

「国外渡航の許可を取りたいのです。直接陛下に奏上《そうじょう》するよりは、専門家を間に挟みたいと思いまして」

国外渡航許可。

外交において、勝手に国の外に出向くのはご法度である。

そんなことを欠片《かけら》も気にしないで隣国の貴族に喧嘩《けんか》を吹っかけに行く異端児も居たりもするのだが、穏便かつ友好的に国外を訪れようとするのなら、貴族としては国の許可を取る必要がある。

パスポートもビザもない時代、外国に行ける人間というのは、限られるというのが常識だ。

また、ペイスのような危険人物。もとい有能な人物が、連絡もなく国内から居なくなるという事態は、国としても避けたい。諸外国にしても、モルテールン家の御曹司《おんぞうし》が、何処にいるのかも分からないとなれば気もそぞろになるだろうし、余計な揉め事を誘発しかねないのだ。

「……可能かどうかの是非はひとまず置いておいて、何故そんなものを欲しがる」

「実は、先日レーテシュ伯の所に呼ばれまして」

ペイスは、レーテシュ伯の所で出会った人のことを父親に話す。

眉目秀麗《びもくしゅうれい》な外国人のことを。

彼らが聖国よりも更に遠方から来ていることや、風待ちをしている事情。良い風が吹くようになれば、自分たちの故郷へ帰ろうとしていることなど。

彼らの土地には恐らく神王国では価値が高いであろうものがゴロゴロしているはずであり、国内では手に入らないものも入手できるはずだと、ペイスは力説した。

「分かった。許可が出るかどうかまでは確約できんが、先方に会ってもらえるようには取り計らおう」

「ありがとうございます」

結局、カセロールは息子の為に折れた。

渋々ながら王宮に連絡を取り、数日後ミロー伯との面会を申し込んだ。

面接の許可が下りてからは、すぐだった。

申し込んだ当日に面会する時間を設けてもらい、王宮の一室に呼ばれる。勿論、ペイスが出向いた。

「お忙しい中、お時間を頂戴しましてありがとうございます」

王都のミロー伯爵邸で慇懃《いんぎん》に挨拶する少年と、迎える屋敷の主。

「なんのなんの。ペイストリー殿とゆっくり話せる機会など、他の貴族が羨ましがりますよ。ははは」

二人の会談は、軽い雑談から始まる。

最近の貴族の噂話であったり、王宮の様子であったりをミロー伯が面白おかしく話し、ペイスは軽く領地のことや魔の森の開拓状況を話す。

お互いに情報交換をしあい、貴族らしくギブアンドテイクの関係を確認し合ったところで、ペイスはいよいよ自分の要望を伝える。

国外への、渡航許可を取りつけてほしいという内容である。

結果として、拍子抜けするぐらい簡単にミロー伯は頷いた。

「分かりました。ほかならぬモルテールン家の頼みですからな。引き受けましょう」

ミロー伯は、鷹揚《おうよう》に頷きながら、依頼を請け負った。

国王

王宮の一角。

日頃政務に忙しくしている国王の執務室で、国王カリソンは書類に目を通していた。

「次」

「はい陛下」

「……ふむ、エンツェンスベルガーの陳情か？」

自身の腹心たるジーベルト侯爵《こうしゃく》が、一通の手紙をカリソンに渡す。

辺境伯位を持つ人間は、特権の一つとして尚書を通すことのない公式文書や贈り物を、国王に献上できる。

元々外国の脅威と向き合い、いざという時には身を挺《てい》してでも守るという職制上、辺境伯には大きな裁量権が与えられている。国王の許可なく軍を動かすことであったり、外国の人間を許可を取らずに国内に入れることであったり。或いは、一定程度の外交条約の締結まで行うことができる。

広大な領土を守る為には、いちいち中央のお伺いを立てるのは非効率であり、裁量を与えた有能な人間が国境を守るのは、一定の道理があるのだ。

故に、辺境伯は国王に対して、中央の官僚を通すことなく直接意見具申を許可されている。

今回もその一環であり、エンツェンスベルガー辺境伯が送ってきた手紙は、右腕ともいわれるジーベルト侯爵すら内容を知らない。

「なるほど」

「陛下」

「慌てるな、内容を教えてやる」

「ありがとうございます」

国王カリソンは、部下に対して手紙の内容を掻《か》い摘《つま》んで話す。

「どうにも、北の動きが怪しいらしい」

「北といいますと？」

神王国は、四方を仮想敵国に囲まれている。

四面楚歌といって良い状況で、とりわけ北には大国が二つあった。

ナヌーテック国とアテオス国の二カ国だ。

この二カ国はどちらもそれなりに力を持った国であり、神王国ほどでないにしても決して侮れない国力を有する。

オース公国という小さい国を緩衝《かんしょう》国として挟んでいるため、直接国境を接している訳ではないが、その気になれば公国などあっという間に蹂躙《じゅうりん》し、神王国に雪崩《なだ》れ込むこともあり得るのだ。

どちらにしても注視すべき国であるが、どちらの話なのか。

侯爵が尋ねたのはそのあたりだ。

「ひげもじゃのほうだ。どうも最近、食料と金属を買い込んでいる節があるということだ」

「ナヌーテックですか。金属を買い込むのは武器や防具の為でしょうか?」

「他に考えられるのか?」

「大規模な建築……という可能性は?」

国家が一軍を興して兵をあげようというのだ。動く物資は膨大な量になるだろう。

基本的に国家は常に有事を想定し、それなりに備蓄をしておくものだろうが、急に軍事行動を興そうとすれば、必要な物資はどこからかかき集めねばならない。

経済は、割と遠くまで繋がっているもの。二つ隣の国であっても、大規模に動けば影響は波及して神王国まで届く。

今回届いたのがそれだ。

軍備増強を明らかに急いでいる節があるという。

ジーベルト侯爵は、エンツェンスベルガー辺境伯の報告を無視はしない。しかし、鉄や銅を集めているからといって、即座に軍事と結びつける動きは短慮に過ぎると諫《いさ》める。

金属資源の使い方は、戦争だけではないのだ。

むしろ、民の生活用こそ本領だと考えるのが、内務閥のトップにして内政の専門家たるジーベルト侯爵の持論である。

「勿論、可能性としてはあり得ると思うぞ。だからこそ、色男もこうして懸念という表現にとどめているのだろう」

北の色男と異名を持つエンツェンスベルガー辺境伯。

彼は、こと守りに関しては国内外から絶大な信頼を置かれている。

慎重な性格で、物事を事前に悪いほうで見積もっておくのも癖のようなもの。予想が外れて美味《うま》いほうに転べば嬉しいだけであると、悲観的な予測をしがちなタイプなのだ。

今回も、あくまで報告の趣旨は北の大国が物資調達を行っているというのが主眼。この点に関しては事実と断定していい。

問題は、物資調達の先に何があるのかという予測が、割れることだ。

「対応を如何されますか」

「……色男の所に〝顔なし〟を派遣する」

「彼の御仁《ごじん》を？　王家の魔法使いまで動員するほどのことであるとお考えですか？」

「この国の中からでは、他の国の事情までは深く探れん。ヴォルトゥザラの連中がうちの中でやらかした事例もある。どうも、周辺諸外国が蠢《うごめ》いている気配を感じるのだ。お前は反対か？」

「臣としましては陛下のご英断を妨げる真似は致しません。しかし、王家麾下の魔法使いは、貴重な戦力でもあり、今も別途任務がありましょう。動かせばそれだけ影響の出る部分もあるかと」

王家には、魔法使いが多く雇用されている。

特に、直接的な戦いにはあまり向かないが、それでいて敵にすると非常に危険なタイプの魔法使い。

情報収集に向いた魔法使いなどはその最たる例で、敵対者からすればこの魔法使いは是が非でも無効化したくなるもの。無効化に最も手っ取り早いのは、暗殺である。

自分で戦う力のない魔法使いは、有能であればあるほど自分の身に対して危険が増す。故に守ってくれる庇護者を必要とするわけだが、神王国において最も頼もしい庇護者は、やはり王家だ。

王家に魔法使いが集まるのは、どこの国も変わらない。

集まった魔法使いも、タダで庇護はされない訳で、有能な魔法使いには仕事も多く降ってくる。

顔なしの二つ名を持つ魔法使いは、存在はとても広く知られているのに、本当の顔を国王と王太子以外は知らないという曰く付きの人物。

魔法の詳細も秘されており、変装の魔法だとか隠蔽《いんぺい》の魔法だとか、果ては記憶操作の魔法だとかいろいろと噂されている。

王家としても使い勝手のいい諜報員として利用しており、詳細不明な情報の裏取りをさせるには向いている人選である。

「影響……か。今の任務は何だったか」

「……〝南部地域の監視〟であります」

「そうだった。どうだ、怪しい話はあったか？」

「疑おうと思えば何でも疑わしく思えるものでしょうが、決定的なものはなかったかと」

「ならば、やはり顔なしを北に動かす。ここらで南部の監視に穴を開けてみるのも手だろう。怪しい思惑を持つものが居れば、隙《すき》を逃すまい」

「罠、でございましょうか」

「うむ」

今現在の神王国で、外国勢力の蠢動《しゅんどう》が著しいのは南部地域一帯である。

ヴォルトゥザラ王国や聖国の諜報員や戦闘員が潜り込み、どろどろと蠢いている。

しかし、レーテシュ家やモルテールン家、ボンビーノ家といった主要な家が重しとなり、大きな動きは見せていない。

「詳細は、任せる」

淀んだ泥を掬《すく》おうと思うならば、ここらで上澄みの水を一旦捨ててみてもいいと、国王は判断した。

「はは」

方針が決まったことで、侯爵は部下に指示を出し、次なる案件に取りかかる。

「陛下、次はこちらです」

「うむ」

ジーベルト侯爵が、一通の手紙をカリソンに渡す。

手紙の差出人は外務尚書。添え書きに、ミロー伯の名もある。

尚書は国王に対して、職分に関することであれば直接書類を渡すことができるので、手紙の内容は外交に関するものと思われる。

ジーベルト侯爵も、カリソンが中を確認する前に手紙の中を読むことはできない。

故に、内容については知らない。

ただ、諸外国を飛び回る多忙な外務尚書に代わって、ミロー伯の手紙を奏上したまでだ。

「ふむ、またモルテールンの倅《せがれ》が何かやらかしたのか」

手紙の内容を読み進める中、カリソンがぼそりと呟く。

「陛下、差し支えなきようでしたら、奏上の内容についてお教え賜《たまわ》りたく思います」

「ふむ、まあ良いだろう。これだ」

国王は、侯爵に手紙をそのまま渡す。

「ほう、モルテールン家からの要望ですか。海外への渡航許可と」

「うむ。それも、息子の渡航許可を求めているな」

要望の内容はシンプルだ。

ペイストリー＝ミル＝モルテールン子爵子が、聖国を経由地として海外に出向くことの許可を求めている。

現代でいえば、パスポートとビザの申請といったところか。

「お前はどう思うか」

カリソンは、ジーベルト侯爵に尋ねる。

賢明で知られる王ではあるが、賢明であるからこそ独善が如何に視野を狭めるかを知っているのだ。できるだけ多様な意見を聞き、複数の視点から物事を考えることは必要なこと。

また、王が視点を偏らせないようにするのも、腹心の務めである。

「さすれば……臣としましては、モルテールン卿の御子息を聖国に、更にはその先に送ることは反対でございます」

「ほう、何故だ」

「理由は三つございます」

頭の寂しくなった老人が、指を三本立てる。

「一つは、国内事情が不安定であること。陛下の治世確かなること三十年、四方《よも》いずれも落ち着いてはおりますが、万全とは言い難い状況です」


つい先ほど、南部に対して荒っぽい手段を取ろうとしたばかり。

また、貴族諸家に関しては揉め事の火種も多く燻《くすぶ》っており、目を離すことはできない状況。

ここでモルテールン家を空っぽにするのは、どうかというのが侯爵の意見。

「もう一つは、聖国の情勢。彼の国は今、改革の只中にあると聞き及んでおります。旧態依然《きゅうたいいぜん》とした体制を守り、古いことこそ正しいとしてきた国で、革新の波が起きつつある」

「そうだな」

「聖国の革新勢力を突き動かすものは、我が国に対する危機感であろうと思われます。我が国との国力差が広がりつつある状況、座して差が広がるのを待つばかりであることに、耐えられぬ者が出始めております」

「ふむ」

「斯様なかに、聖国でも危険人物とされているペイストリー＝モルテールン卿を送るは、不要な騒動を呼び込む元となり得る危険性を内包いたします」

もう一つが聖国との関係悪化の危機だという。

聖国は先ごろ神王国との戦争に負けており、また国内でも政治対立が起きている。

ただでさえごたごたしているところに、聖国人にとって共通の敵であるペイスが顔を出すというのだ。

何も起きないと期待するのは、少々乱暴な意見ではないだろうか。

侯爵の意見に、王も軽く頷く。

「更にもう一つは、ペイストリー＝モルテールン卿の実績であります」

「実績？　先の二つは俺も分かるが、実績とは何だ」

「さすれば、臣の愚考致しまするに、彼の御仁は騒乱を呼ぶ星の元に生まれたとしか思えません。ここ数年の大きな騒動について、多くに関わっており、また幾つかは中心となって騒乱を起こしております」

「うむ」

「特に、大龍騒動においては未だ終息の兆しも見えず、諸外国には動揺が今なお広がり続けていると、聞き及んでおります」

ジーベルト侯爵が最も危険視した点は、ペイスの生まれ持った宿命とも呼べる何か。

飛びぬけた才能と実力を持つと同時に、余人にはない悪運のようなものがあると思えるのだ。

そうでなければ、よりにもよって大龍だのなんだのと戦う羽目になる訳がない。

ジーベルト侯爵は、特段敬虔《けいけん》という訳ではないが、それでも何かしら大きな力が働いているとしか思えないのだ。

「以上のことから、臣はペイストリー＝モルテールン卿の海外渡航は反対です。できますれば、大人しく領地で内政に励んでいただければ嬉しく存じ上げます」

「お前の意見はよく分かった」

男の意見は、一字一句そのとおりだと、国王カリソンも同意する。

国内に騒乱の芽があることも、モルテールン領を空けることのリスクも、聖国の状況も、当人の運命的な何かも。実に尤もであると頷くばかりだ。

「しかし、彼奴《きゃつ》には借りもあるな」

「借り、でございますか？」

「褒美を遠慮された件だ。どうせなら大盤振る舞いして、王家に取り込むことも考えていたのだが、躱《かわ》されたのだったな」

「は」

ここで、カリソンは思う。

自分たちが今検討したようなことは、当然モルテールンの倅であれば気づいているはずだと。

気づいていて尚、こうして連絡してくる。それも、直接ではなくミロー伯を挟んだ形で。

ここで望みを却下すれば、今後ペイストリーは王へ隔意を抱くかもしれない。逆に許可すれば褒美の一つとして受け取られるだろうし、それをミロー伯の手柄にもできる。

反対すれば味方を一人失い、賛成すれば味方が二人になるのだ。

侯爵の反対意見も尤《もっと》もであったが、その上で王は決断する。

「よし、構わん、許可する。龍の守り人からのたっての願いとあれば、無下にもできまい」

「承知いたしました」

「ただし、大々的に広めよ。お前は反対したが、余が龍の守り人のたっての願い故、特別に許したのだと。無理矢理恩を着せる必要はないが、それであの菓子好きならば意図を察するだろう」

ジーベルト侯爵は、国王の決断に深々と頭を下げた。

出航準備

レーテシュ伯爵領の港。

大型船舶が幾つも停泊できるように整備された国際貿易港の一角に、ペイスは笑顔で立っていた。

「壮観ですね」

少年期を過ぎ、青年と呼ばれてもおかしくない年頃となっているペイスではあるが、好奇心の強さは少年の時から変わらない。

キュリオシティ溢《あふ》れる彼の目の前には、巨大な船が浮かぶ。

つい今しがた着いたばかりの最新鋭の帆船。更にはつい先ごろ就航したばかりの新造船で、名前をジョゼフィーネ号という。

船の名前を聞けば敏《さと》い人間ならばすぐにも気づくことではあるが、この船はボンビーノ船籍。ボンビーノ子爵家が一年半の時間と、三千クラウンという大金をかけて作ったばかりの、最新鋭の外洋船である。

名前の由来は言わずもがな、ボンビーノ子爵ウランタの愛妻であり、ペイストリーにとって一番下の姉であるジョゼフィーネ＝ミル＝ボンビーノ子爵夫人から取られた。

愛する妻の名前を船に冠するなどというのは、家族愛の強いモルテールン家の影響を、ウランタが強く受けているというアピールでもある。

社交の場において、機会があればモルテールン家の人間は家族の親密さをアピールしてきた。身内の結束の強さと、近親者への信義の篤さを喧伝《けんでん》することで、モルテールン家に対するイメージを固めるという狙いもあるからだ。

貴族同士の交流において、特に交渉相手において、相対する者の価値観を知るというのは重要なことだ。相手にとって何が重要で、何が大事か。重きを置くものをしっかりと把握しておかねば、余計なところで虎の尾を踏む。

礼儀作法を重んじる相手に挨拶をしなかったら相当な悪印象を与えるだろうし、或いは長幼の序を重んじる相手であれば年下から馴れ馴れしく接すれば怒りを買う。男尊女卑の意識が強い相手であれば、女性から声をかけるのは余りよろしくない。

勿論、価値観を知るのは悪影響を避ける為だけではない。

礼儀作法をさほど重視しない相手であれば、初対面から作法を崩したほうが好印象だ。フランクに接することを喜ぶ価値観もあり得る。或いは、年功序列を因習だと軽蔑しているような相手であれば、年上だから、年下だからといった部分に拘るより、年齢を気にせず実力や成果といった部分で対応の差をつけるほうが喜んでもらえる。

モルテールン家の場合、親しい人間への偏愛が価値観の基本。

常日頃から家族同士が仲の良いことをアピールしておくことで、モルテールン家の人間のご機嫌を取ろうと考える人間は、周りの人間も大切にしようとしてくれる。

駆け落ち紛《まが》いに結婚した当主カセロールが、妻アニエスを守る為に始めたことだ。家族に手を出すとタダでは済まさない、という威嚇も含めて、モルテールンの家族愛アピールは有名である。

八割がたは天然の家族愛でもあるが。親馬鹿の異名は狙っていた訳ではなく自然に生まれた二つ名だったりする。

つまり、ボンビーノ子爵家の船に、モルテールン家出身の妻の名を冠するというのは、モルテールンの流儀を模したものといえる。

モルテールン家とボンビーノ家が、極めて強い繋がりがあるのだ、という宣伝を兼ねているということ。

家族愛をアピールしておけば、社交の場においてボンビーノ家所縁《ゆかり》の人間はお互いがお互いの結束を外交的なカードとして使える。

ボンビーノ家を敵にしたら、モルテールン家が黙っていないぞ、という訳だ。勿論、逆も同じ。

無論、無能な身内でも見捨てられずに足を引っ張られるデメリットもあるが、身内が少ない家であれば相当に有効な手段だ。

「あの船が、乗り込む船ですか？」

「ええ。プローホルも船酔いには気をつけることです」

では、この船が何故、レーテシュ領の港にあるのかといえば、勿論ペイスが借り受けたからだ。

船員付きのレンタルで、一カ月千二百レット。レーテシュ金貨千二百枚で一カ月という〝特別価格〟で借り受けた。プラウ金貨換算なら六百クラウンから六百五十クラウンといったところだろうか。船の建造費のおよそ五分の一。レンタル料として考えるなら、破格だ。金に物を言わせたともいえる。

しかも、金銭的に不自由しないモルテールン家であるから、現金一括払いである。ボンビーノ家の会計役が、揉み手でペイスに感謝したとか、しなかったとか。

どこの家でも、決算時期に現金を纏めて用意できるのはこの上なく心強いものだ。

「よう、モルテールンの坊ちゃん、わざわざ出迎えかい？」

「ええ。ニルダさんもお変わりなく。お元気そうで嬉しく思います」

船から、船員がぞろぞろ降りてくる。

最後に降りてきたのが、今回のジョゼフィーネ号の操船を任された人物。

ペイスとも顔なじみであり、元は無頼《ぶらい》の傭兵であった海蛇《うみへび》のニルダことニルディア女史だ。

海賊討伐をきっかけにペイスやウランタの知己を得て、海賊騒動終結後にボンビーノ家に雇われて従士となった。

今は隊長として一隊を預かって海の治安を守っており、ボンビーノ家の海蛇として近隣には名の通った立志伝中の女性である。

威風堂々。

音に聞こえた龍殺しの英雄に相対していても、決して卑屈になるでもなく堂々としている彼女の姿は、実に頼もしいものである。

「必要なものは揃いましたか？」

レーテシュ領の飛び地である、ゴンゴイ島を経由地として補給を行い、聖国の港には寄港せずに一気にサーディル諸島を目指す航路になる。

普通の航路とは違う為、どれだけ準備してもしすぎということはない。

ましてや今の時期は海の水も冷たい。

南にあるケレスーパ海は温暖な海とはいえ、そこから更に外洋へ出れば水も冷たく、また波も荒くなる。

はっきり、危険だ。

故に、ニルダはその旨をはっきり口にする。

「正直、不安はある」

「ほう」

海蛇との異名をとる、海のエキスパート。操船に関しては界隈でも指折りの達人集団が、不安を口にするのだ。

それだけで、相当に危険な香りがしてくる。

「あたいらも、操船に関しちゃ自信もある。新しい船の癖も摑んでるし、何よりこの船は出来がいい。普通の船に比べりゃ、雲泥の差だ」

「それでも、不安がありますか」

「ああ。何せ、航路のない海に出ようってんだからね。海の怖さは、あたいらは嫌というほど知ってる。坊ちゃんが只者じゃないことはよく知ってるが、それでも何があるか分からないってのは覚悟しといてもらいたい」

「分かりました。覚悟しておきます」

海の怖さをよく知る人間からの意見は、ペイスも神妙な姿勢で拝聴する。

彼とて、決して海を舐めている訳ではないのだ。

外洋の怖さは十二分に知悉《ちしつ》している。

その上で、リスクを許容してでも得られるリターンに魅力を感じているのだ。

欲望といってしまえばそれまでだが、ペイスのペイスたる根幹がお菓子に対する偏執的な愛情であり、行動原理の全て。

むしろ、ここで危険にビビってお菓子作りを諦めるようでは最高のお菓子など夢のまた夢である。

ペイスは、覚悟を改めて決める。

依頼人の決意が固いことを察したのか。

ニルダは、それ以上の脅しはしない。

「ああ。分かってくれたのなら結構だ。それで〝伝統行事〟は必要かい？」

「……今更、ですか？」

海蛇ニルダの言う伝統行事とは、陸《おか》での顔見せである。

船の中では些細なことが大事故に繋がりかねないし、ちょっとしたことが人の生き死にに直結する。

何せ、甲板一枚、板一枚隔てた下は、底すら分からない深い海。他に何もない外洋で、仮に船から落ちでもしたら。時速何キロ、何十キロという速度で動く船が、〝落とし物〟を見つけられる可能性は限りなく低い。

自動車で移動中に、窓からポロリと落としたキーホルダーを、探しに戻って見つける難しさを思えば分かりやすい。更に、道路という目印もないから、同じ道を引き返すわけでもないのだ。難易度的には上手く見つかる可能性は奇跡と呼ぶに近しい。

つまり、人が船から落ちてしまえば、それはもう死である。

初めて言葉を交わすのが船の中、海の上になると、もしもそりが合わないとなった時、要らぬトラブルになりかねない。トラブルが起きれば、船から人を落とす奴もいるだろう。何せ、証拠はどこにも残らない、確実な殺人である。

船の中は、陸とは違った強い結束と信頼関係がなければ、簡単に人が〝行方不明〟になってしまう。

故に、陸に居るときに、ある程度顔を見せ、交流を持っておくのが伝統とされている。

この〝交流〟のやり方は、荒っぽいものも含めてのこと。

時には腕試しで拳を交わしておくというケースもある。実に物騒な伝統だ。

今回は流石に殴り合いは許容されないだろうが、それでも顔見せぐらいはしておいたほうがいいと、ニルダは言う。

「ああ。一応、初顔になる奴もいるし、あたいらもそっちのひょろいのは初顔だ。伝統行事は早いこと済ませておきたいね」

「では、船員を集めてもらえますか」

「あいよ」

ニルディア女史の統率の元、ボンビーノ子爵家の精鋭たる海兵たちが集まる。

ぱっと見た感じでは海賊と間違えそうな者も居るのだが、ペイスとしては見知った顔も多かった。

何故か無性に海の男たちからは慕われているのがペイスという男だ。

よう久しぶりじゃねえか、元気そうだな、何だ背が伸びたじゃねえか、酒は飲めるようになったのかなどと、荒くれ者どもの言葉を受け取る。

更に、ざっと集まった連中の、新顔に名前を尋ねていくペイス。新しい人間が分かるというのも、それだけニルダ一派の連中と親しいということでもある。

ひと通りの確認が終われば、次はペイスたちの番。

「既に承知の方も多いと思いますが、モルテールン子爵カセロールが子、ペイストリー＝ミル＝モルテールンです」

「プローホルといいます。よろしくどうぞ」

今回のペイスの船旅のお供は、プローホルだ。

他にも何人か居るが、従士は彼だけ。

まだ年若く細身であるが、寄宿士官学校の首席卒業生であり、ペイスが直々に鍛え上げた俊英でもある。

武術の腕も人並み以上であると紹介されたことで、ボンビーノ家側も安堵した様子だった。

やはり、同じ船に乗るのなら頼もしいほうがいい。

童貞臭いだのニルダに喰われねえよう気をつけろだのイイ男だからあたしが食べてあげましょうかだの、下品な野次が飛んだが、プローホルもモルテールンで鍛えられた精神力でポーカーフェイスを貫く。

これにはこっそり、ニルダあたりが感心していたりするのだが。

そして、挨拶もひと通り終わった後。

最後に一言と、ペイスが皆の注目を集める。

「尚、船長は僕が相勤めます」

「えええ!!」

皆は、一様に驚くのだった。

出航

船の上。

甲板の中央に立って、潮風を体いっぱいに受ける少年が一人。

「それではカカオに向けて、出航!!」

「……カカオ？」

ペイスの不思議な号令に疑問符を浮かべながらも、ニルダは船員たちに指示を飛ばす。

ぎいぎいと帆柱がきしむ音を楽しみつつ、潮風を共にして船は港を出る。

「主帆《メインマスト》はまだだ。ここらは海底も岩場で入り組んでる。引き潮に舵《かじ》を取られないように気をつけな。ピクリとでも舵を揺らしやがったら承知しないよ!!」

「はい、姐さん!!」

ニルダたちの操船の腕は確かで、警戒すべき部分もよく分かっている。

不慣れな航路では、思わぬトラブルも警戒せねばならない。さほど陸から離れていない時には、離岸流のように強い流れが生まれることもある。潮の満ち引きの関係で、どうしたって浅瀬では不規則な水の流れが生まれるのだ。

海の潮の流れを読み、風を読み、気象を読む。

恐らくどこかで、慣れ親しんだ知識も使えなくなる境界があるのだろうが、今は船員たちも落ち着いてキビキビと動いている。

「良い風ですね」

「坊ちゃんは運がいいね。ここいらじゃ、今の時期は風も強めに吹くんだが、今日は丁度いい具合じゃないか」

「日頃の行いが良いので、神様も見てくれているのでしょう」

「よく言うよ。日頃の行いが悪すぎて、悪魔でも味方にしちまってんじゃないかい？」

「それは心外です」

船の動きに不安はなく、しばらくすれば風に乗って運行も安定する。

ニルダやペイスが無駄話で時間を潰す程度には、暇になった。

そこで、ペイスは船の中をうろうろとし始める。

好奇心の赴くままに、徘徊し始めたのだ。

最初にペイスが見つけたのは、新顔たちと古株の一人が密集して何かをしているところ。

「皆さん、集まって何をしてるんですか？」

「へい!!　今後の航海について、話しておりやした!!」

貴族であり、またニルダの部下たちをこっぴどく躾《しつ》けたこともあるペイスに声をかけられたからだろう。

船員の一人がものすごい勢いで直立不動の姿勢を取って、大声で質問に答えた。

新人が集まって今後の航海について語るなど、いかにも嘘くさい。どう考えても、お偉い人に対しての建前だろう。

ペイスは、ゴツイ顔した新人に苦笑すると、軽い口調で話しかける。

「……ああ、そう畏《かしこ》まらなくても良いですよ。海に出れば、海の掟に従うものです。船の中のことで、無用に不敬だなんだというつもりはありませんから、いつもどおりにしてください」

「え？」

「いいのか？」

モルテールンの逸話を知り、またペイスの実力も知っている者は、戸惑いを見せる。

モルテールンといえば、海賊の只中に切り込んで、たった一人で何十人もの海賊を皆殺しにしたであるとか、聖国の大船団を相手に大見得を切って、ことごとく海の藻屑《もくず》にしてしまっただとか、龍を相手取って三日三晩戦い続け、ついには首を切り落としただとか。

かなり物騒な噂が広がっている。

勿論、これらの噂が誇張されたものであろうことは船員たちも理解しているが、かといって全くの嘘でないことも知っている。

更に、ペイスと共に海賊討伐を行ったものは、ペイスのできの良さを嫌というほど理解していた。兵を指揮しては将軍の如く、剣をとっては大人に引けを取らず、更には魔法を使って大貴族でも手玉に取る。

そんな相手に、緊張するなというのは無茶な話だ。

「構いませんってば。それで、改めて聞きますが、何をしていたんですか？」

お互いに顔を見合わせていたむさくるしい男たちだったが、本気でペイスがラフにしろと言っていると理解したらしい。

最初に古株ものが、どかっと姿勢を崩して座る。

続いて、古参の態度に促されて新人も態度を崩した。

「あ～……罰はねえってことだから言うが、ちょいと賭けをしてた」

「賭け？　どういう内容ですか？」

「そりゃ坊ちゃん、この航海で、坊ちゃんがお宝を見つけるかどうかだ……です」

お宝、という辺りに、元々は海賊、もとい傭兵だったころの名残が見える。

元水龍の牙の人間は従士となったニルダの元に兵士として雇われているが、柄の悪い水兵というのは海賊と区別がつかないものだ。

飲む、打つ、買うの三点セットは、当たり前に嗜《たしな》む。

酒を飲む、博打《ばくち》を打つ、女を買う。ついでに、人を殺した経験があれば立派な水兵。

これが人生の華とばかりに、刹那《せつな》的な生き方をするのが無頼の生き方だ。

博打を禁止するつもりもないペイスは、面白そうだと皆と同じように姿勢を崩す。

「お宝、ですか」

「そりゃもう。今回は頭《あたま》がモルテールンの坊ちゃんだ。前の時みたいな、美味しい目を見られるんじゃねえかと、話してたとこでよ」

「そうそう。でよ、幾ら何でもお宝なんてそう簡単に見つからねえだろって言う奴がいてよ」

「坊ちゃんならあり得るって奴と喧嘩になりかけたんで、それじゃあ一丁、賭けようじゃねえかって話になったってことよ」

「なるほど」

水龍の牙と共同歩調を取って、海賊と偽ったリハジック子爵の配下を討伐した事件。

海賊討伐事件とされている件は、ボンビーノ家大躍進の切っ掛けとなった事件ではあるが、水龍の牙にとっても大出世のスタートラインであった事件だ。

討伐した海賊もどきがしこたま財宝を貯めこんでいたこともあり、水兵の中には夢をもう一度と考える人間は多い。

例えるなら、百万馬券が当たった競馬ファンのようなものだ。

一生に一度あるかないかの特大の大当たりを経験してしまえば、その経験は忘れることなどできまい。

もう一回当てたい。と考えるのは、誰でも当然に思うことである。

しかも、あの時の勝ち馬たるペイスがもう一度大レースに出走するというのだ。これに期待しないようでは、ギャンブラーとはいえまい。

「面白そうですね」

「だろ？　どうせなら、坊ちゃんも賭けるかい？」

「ほう、ならばちょっと待ってください」

ペイスは、船内からプローホルを探して連れてきた。

慣れない船旅に酔いを感じ始めていたプローホルは、いきなり厳つい連中の前に連れてこられて困惑気味である。

「プローホル、貴方も一口賭けませんか？」

「え？　話が見えないのですが」

「どうも、今回もお宝が見つかるかどうかを賭けているらしいのです」

「へえ」

「僕は立場上、こういった賭け事はできません。指揮を執るものとして、賭けの結果を操作できてしまうので」

「なるほど」

「しかし、折角ならばこういったイベントは楽しんでおきたいじゃないですか」

「イベントなんですか？」

ペイスは、プローホルに対して賭けに参加するよう促す。

元々寄宿士官学校でも優等生で通っていた首席卒業生が。性格的に真面目、どちらかといえばお堅い青年がプローホルである。

この性格は好ましいものではあるのだが、モルテールン家の従士としてはもう少し柔軟性を覚えてほしいと思っていたところ。丁度いい訓練材料だと、ペイスは教育の為に利用することにしたのだ。

「では、参加します」

「いいぞ兄ちゃん、やっぱり男はそうでなくちゃな」

「これで賭けをバックレられることもねぇな。ちょっと他のも呼んでくらぁ」

モルテールン家従士のプローホルが参加し、ペイスがそれを認めたことで、どうやらこの賭け事が船内での公式イベントに昇格したらしい。

数人でやっていたものが、あっという間に船内に広がる。

ちなみに、ちゃっかりペイスが胴元をやっていた。

「それで、確認しておきたいが〝お宝〟の範囲は何処までだ？」

「あん？」

「例えば、珊瑚《さんご》などは持って行くところに持って行けば高く売れる。お宝といえなくもない。真珠だってそうだろう。お宝とは、どういう基準で判断する？」

優等生らしい、プローホルの指摘。

いつも仲間内で適当にやっていた連中は、これまたやいのやいのと言い出す。

「そりゃ、金銀財宝がお宝だろ」

「そうだな。真珠だの珊瑚だの、生き物はなしにしようぜ」

「おっし、じゃあ、金貨、銀貨、宝石ぐれえにしとくか」

「そうと決まれば、どうするよ。俺はそんなもん見つからねえほうに賭ける」

「俺も俺も」

ルールが決まったあたりで、船員たちが賭け始める。

どうやら、お宝は見つからないというのが優勢のようで、特に新顔たちは見つからないに賭けている。賭け事となると手堅くいくものが多いらしい。

対して、古株のうち数人はお宝が見つかるほうに賭けている。

ペイスの非常識さを知っているからこそ、もしかしたら何がしかツキが来てるんじゃないかという勘のようなものらしい。

「で、兄ちゃんはどうするよ」

「僕は……」

プローホルは、じっと考える。

「金銀宝石以上に価値のある〝お宝以上のお宝〟を見つける、に賭ける」

「がっはっはっは、そりゃ、大穴じゃねえか」

「うひゃひゃひゃひゃひゃ、いいぜ兄ちゃん。乗った」

「バカもここまでいくと清々《すがすが》しいぜ。もし本当に金《きん》より価値のあるもん見つけたら、兄ちゃん総どりだぜ」

賭けの受付は、しばらくして締め切られる。

ペイスが責任をもって集計したところ、金銀のお宝が見つかるのが二、見つからないが八。そして一名だけがどちらでもない、である。

「そうと決まれば、海賊の一つも探そうぜ!!」

今回の航海は、別に海賊討伐など予定していない。

むしろ、海賊など出ないほうが良い。

しかし、賭けに全財産投じた馬鹿野郎も居て、割と真剣に海賊を探そうとする人間が出始める。

お宝が見つかるほうに賭けた連中だ。

逆に賭けた人間は、通常営業。

いつもどおりの仕事をして、恵まれた風を帆に当て続ける。

「おうおう、真面目にやってんな」

見張りの人間も、両極端だ。

目を皿のようにして水平線を睨みつけるものと、あくびを噛み殺しながら見張りを熟すものの二パターン。

どちらがどちらに賭けたのか。言うまでもない。

特に変わり映えのしない航海が、二週間は続いたころ。

「うるせえ、さっさと交代しろ。そんで海賊でも見つけろ!!」

「ぎゃはは、そんなにほいほい海賊が見つかるなら、今頃俺らは……ん？」

「どうした？　お？　おいおい。すぐに報告だ!!」

見張りが、今日何度目かの交代をする時だった。

海賊出て来いとばかりに見張っていた連中が、慌ただしく動き出した。

「モルテールン閣下……じゃねえな、船長。少々不味いことになったかもしれません」

ペイスの元に、トラブルの知らせが舞い込んできた。

臨検

「一体、何ですか?」

ペイスは、状況確認の為に甲板へ上がった。緊急時でも率先して動くのがモルテールンの流儀である。

既に大勢集まっていた船員たちを掻き分けたところで、船長ペイスの目に飛び込んできたのは、見慣れない船。

ジョゼフィーネ号は行く手を二艘の船に遮られて帆を下ろしていたのだ。

「ニルダさん、説明を」

海の上の事情に最も詳しいであろう女性に、説明を求める船長。

「臨検だってよ」

「臨検?」

今いる場所は、聖国の領域と、サーディル諸島の間。

GPSなどもない世界、海の上には明確な国境線など存在しないので、境界は非常に曖昧《あいまい》で不確か。

大抵は、船の中は船の所属する場所に即した治外法権になる。

つまり、ジョゼフィーネ号の中は神王国の法がまかり通るということ。

船の中を検めさせろと言われて、はいそうですかと従う義理はない。

そもそも、いきなり船を止めて中に入ろうとするのは、海賊にも等しい行為だ。何なら、問答無用で攻撃しても海の男たちのルールとしては違法ではない。


しかし、今回の場合は勝手が違う。

ジョゼフィーネ号は、公的な船。それも、友好的に振る舞おうというのが目的の船舶である。

荒事を初手で選ぶようなことは、避けるべき状況。

「どこの臨検ですか？」

仮に、船を検めさせろというのが聖国の人間であった場合。

これは、モルテールン家としては拒否の一手だ。

そもそも聖国の人間でないペイスが、聖国の法に従う義務はない。まして、聖国の領域でもないなら猶更。

今いる場所は、聖国の領域とは言い難い場所になるのだから、唯々《いい》諾々《だくだく》と従うのは外交的に拙《まず》い。

もしも簡単に従ってしまえば、悪しき前例となり得るからだ。

今後同じようなことが起きた場合に、「いつもどおりの通常業務だ」と言い張る根拠を与えてしまうことになる。

船の中を検めさせた場合、仮にモルテールン側としてなんら疚《やま》しいことがなかったとしても、イチャモンをつけられることだってあるはず。

船の中のものが盗品である疑いがあるだの、船員の中に手配された犯罪者と特徴が似ている人間が居るだの、船が〝違法行為〟をしている理由など幾らでもでっち上げられる。

一度証拠をでっち上げられてしまえば、最悪は船の没収。或いは船員全員が犯罪者扱い。碌《ろく》なことにはなるまい。

正当な理由があるうちは、臨検など断るのが正解なのだ。

だが、これがサーディル諸島の臨検であった場合は話が違う。

これから友好的に会話しましょうねと言いに行く相手だ。最初から喧嘩腰の対応はどう考えても拙い。

「サーディルの船だと思うよ。聖国の船ならあたいらも多少は知ってるが、それとも違う感じだ。どこの部族のものかまでは分からないが、まず間違いない」

「なら、臨検を受け入れるのが正解ですね。一応、シュムラさんに確認しましょう」

ペイスは船員に指示を出し、シュムラ氏をジョゼフィーネ号の甲板に呼ぶ。

海上でありながら他の船からでも人を呼べるのは、ペイスの魔法があるからだ。

「シュムラさん、あの船に見覚えはありますか？」

「……見覚えはある。あれはンゴロウの船だ」

「ンゴロウ？」

聞き覚えのない名前が出たことで、ペイスは詳細な説明を求める。

「ンゴロウ族は、サーディルの中でも有力な部族の一つ。我らと……並ぶほどの強力な一族だ」

「ほう」

森人の青年は、かなり嫌そうに顔を顰《しか》める。

どうやら、あまり好ましい相手ではないらしい。

しかし、無下にもできない相手だそうだ。

「ンゴロウ族は、かなり気が荒い連中が多い」

「乱暴者の集団ですか？」

「そうではない。単に、排他的なのだ。我々にも事あるごとに絡む、面倒くさい連中なのだ。根が悪い訳ではないが、独善的と言うべきか」

「なるほど」

世の中には、善良であるが迷惑な人間というタイプも存在する。

困っている人を助けようとする意志もあれば、弱いものを守ろうとする善意も持ち合わせていながら、行動が伴わない人間。

女の子が男子から揶揄《からか》われていたら、事情も聴かずに男のほうをいきなるぶん殴るであるとか、野生の動物が弱っているのを見かけたら、深く考えずに餌を与えてしまうとか。

性根が腐っている訳ではないが、友達にしたくはないタイプといえる。

ンゴロウ族には、そういう連中が多いらしい。

「臨検を拒否すれば、勝手に極悪人にされそうですね」

「うむ、間違いなくそうなるだろう」

ことがことだけに、正当な権利をもって臨検を拒否もできるし、そのことでンゴロウ族と揉めたとしても、シュムラ氏の部族からとりなしてもらうことはできるだろう。

しかし、そうなるとシュムラ氏のジュナム族に借りができる。

交渉を借りのある借金スタートで始めるぐらいなら、多少の道理に目を瞑るべき。

ペイスは、そう判断する。

「臨検を受け入れましょう」

ペイスの判断に、ニルダや他の船員は驚く。

「坊ちゃん、いいのかい？」

「構いません。我々の側に、見られて困るものはありませんから」

臨検受け入れ受諾を連絡したからだろう。

ンゴロウ族の人間が、ジョゼフィーネ号に乗り込むために動き出す。

小舟に乗り込んだ兵士と思われる者が、ジョゼフィーネ号に上がってきた。

皆、背は高い。それでいて、肌の色は白い。

日焼けをしない人種的なものなのか。見た目的には海の種族という感じは受けない。

「ジュナムが居たのか」

ンゴロウ族の集団の中で、リーダー的な立ち位置に居ると思われる者が、目ざとくシュムラを見つけた。

同族というのか同じ人種というのか。

見た目的によく似ているし、神王国人とも違う雰囲気があるから分かりやすいのだろう。

「ンゴロウの同胞よ。我々は、疚しい集団ではない。臨検は受け入れるのだ。できるだけ手早く終わらせてくれ」

「うむ。安心してくれ、これも職務上のことだからな」

シュムラの言葉に、ンゴロウ族のリーダーは首肯《しゅこう》した。

そのやり取りだけでも、ペイスたちは一安心である。

無理やり止められた臨検である以上、最悪は難癖をつけられる形での船舶没収。

その上で船から〝追い出される〟という事態も想定したこと。

そんなことになれば、自分の身を守る為に一戦することも辞さない覚悟であったのだが、どうやらそのような乱暴な意図はなさそうだと分かったからだ。

「幾つか聞きたいことがあるのだが、この船の長は誰だ？」

「それなら、僕ですね」

「お前が？　子供ではないか」

「まあまあ。それも事情あってのことです」

「ふむ」

ンゴロウの男は、ペイスのことを上から下までじっくり見る。

黒子《ほくろ》の数でも数えているのかというほど熱心に観察した後、まあいいかと受け入れた。

「この船は、どこの船か。見たところ真新しいようだが」

「ボンビーノ家のジョゼフィーネ号です。できたばかりの新造船なのはそのとおりです」

「ふむ」

出来たてほやほや、湯気でも立っていそうなほど新しい船。

怪しいといえば、確かに怪しい。

そんな新造ピカピカの船を使って、あまり船の通らない航路を通り、しかも船長が子供。

男は、疑わしそうな、或いは胡散臭《うさんくさ》そうな目を向けたまま、ペイスに質問を重ねる。

「我らの島に近づく目的は何だ」

「友好親善です」

「友好親善？　どことだ？　我らンゴロウというなら……」

「いえ。とりあえずはジュナム族との友好をと思っております」

男は、船の上のジュナム族を見る。

「ああ、なるほど。それでジュナムも乗っていたのか」

好意的な目線ではない。むしろ、こんな面倒な連中とつるむとは気持ち悪い奴だとでも言いたげな、蔑むような目線である。これは、シュムラの部族がジュナム族だから。

お互いの部族は別に争いを起こしている訳ではないが、それでも時折諍《いさか》いはあるのだ。漁に出て漁場が被ってしまったであるとか、はみ出し者の若い奴らが一族の女に悪さをしただとか、或いは彼らが信仰するものを侮辱したであるとか。理由は下らないものから根深いものまで様々。

人が集団化し、集団と集団が邂逅する時。必ず起きてしまうのが揉め事というものだ。

「運んでいる荷物は何だ」

「特に目ぼしいものはないと思います。精々、穀物ぐらいです」

「本当か？」

「友好親善ですから多少の贈り物はありますが、長期航海を想定して食料や水を多めに積んでいます」

「ちっ、食い物だけか」

僅かに舌打ちした男を見て、モルテールン麾下の連中はピリッとした緊張を走らせた。

食べ物が積み荷であることを残念がる。つまりは、金目の物を積んでおいてほしかったという風にも取れるからだ。

何を積んでいてほしかったのかは明言していないが、金目の物を目当てに臨検したとなれば俄然怪しい雰囲気になってくる。

ニルダは腰の剣にさりげなく手をかけるし、他の部下たちもいつでも戦いを始められるように、気配りを始める。

そんな、物騒な気配を感じ取ったのだろう。

臨検していた男たちは、慌てて言い訳を始める。

「実は最近、この海域で海賊が出ているのだ。だからもしかしたらその手掛かりになりそうなものを積んでいないかと思っただけだ。ジュナムが乗っているならお前たちが海賊ということはないだろうし、食料だけが積み荷というなら尚更だ」

「それはそれは。我々も気をつけねば」

海賊のお宝が見つかると賭けていた連中は、急に元気になり始める。

これだからモルテールンはツキを持ってると、ひそひそと会話し始めた。

「静かに。まだ臨検中です」

ペイスが、部下たちを嗜める。

どうにも妙なフラグが立ちそうな気がしたからだ。

嫌な予感というのだろうか。危ない予感とは少し違う、トラブルの予感のようなもの。

歴戦故に感じる、何かありそうな雰囲気というものを、ほんの僅かに感じた気がしたのだ。

ペイスとしては、気のせいであってほしいものである。

「船の中は粗方《あらかた》捜索したが、特におかしなものはなかったな」

「そうでしょうとも」

「あとは船内の最下部だが……なに？　施錠されている？」

兵士が、船の中を検査していて、鍵のかかった扉があったと報告に出てきた。

「鍵を開けてもらおうか」

「それは構いませんが、我々が同行するのが条件です。施錠してある扉の先は〝客室〟になっているのです。今は予備の食料や水を置く倉庫代わりに使っていますが、調度品は高級品もあります。構いませんね？」

「……いいだろう」

ジョゼフィーネ号は、最新鋭艦である。

幾つもの区画が物理的に区切られており、どこかに浸水が起きるような事態になったとしても、区画ごと封鎖して沈没を防ぐ工夫がされているのだ。

施錠できる扉は、いわば隔壁である。

空間を無駄に遊ばせておくのも勿体ないので、今は予備物資の倉庫となっていて、ちょろまかす馬鹿が出ないように、普段は施錠されている訳だ。

ペイスとニルダ、それに臨検の連中が揃って船の最下部に下りる。

巨大な船の底だ。立っている場所は、海面より下。浸水したなら真っ先に水没する場所である。

鍵を開け、隔壁区画に入る。

ここはいざという時文字どおり〝隔離〟するための場所。牢屋代わりに使われる、独立空間でもある。

トイレもあればベッドもある。窓こそないが、予備の食料と水もあるのだ。

だから、気づけなかった。

ここに〝招かれざる客〟が居たことに。

「……てへっ」

「クー⁉　なんでここに」

クインス＝ドロバ。

モルテールン家の譜代従士の家柄の息子で、ペイスの幼馴染であるマルカルロの弟。

悪戯っ子の二世代目ともいわれるやんちゃ坊主が、実に分かりやすくテヘペロとお茶目っぷりをアピールしていた。

サーディル諸島

ペイスたちの目の前に、目いっぱい叱られて正座するクーが居た。

板張りの床での正座に、痛みが辛いのか、頻りにもぞもぞとしているが、足を崩す真似はペイスはともかく周りが許さない。

海の男たちは、船の中のルールに煩《うるさ》いのだ。

自分たちの船に〝忍び込んで〟いた悪ガキを、徹底的に折檻《せっかん》せねば気が済まない者たちばかり。

実際、クーの頭にはニルダが作ったたんこぶがある。

操船を預かる立場として、人の入っていないはずの場所に子供が居たなど怒って当然だろう。

「とりあえず、臨検は何とかなったのは良かった。最悪、貴方は密航者として捕まって、犯罪者にされていたかもしれないんですよ。分かっていますか」

「うんと、えっと……ペイス兄ちゃ、じゃない、ペイストリー様、ごめんなさい」

しおらしく、反省の態度を見せるクー。

ペイスにとっては、コアントローの息子であり、幼馴染マルカルロの弟であり、生まれた時から知っているクーは、自分にとっても弟のようなもの。

何なら本当に弟と思って可愛がっていたまである。

ペイス兄ちゃんと呼んで慕ってくる弟分を、どうして突き放せようか。

だがしかし、それと悪さに対する罰は別問題。

身内への愛情が深いモルテールンの人間であっても、いやだからこそ、悪さをした人間に対する公平な判断は崩してはならない。

臨検の時も、かなりもめた。

何せ、誰も説明ができない乗組員だからだ。

何故こんなところに居るのかと問われて、説明できる人間が居ない。結局、子供が密航していたということで収まったが、すったもんだで大いに紛糾《ふんきゅう》した。

「坊ちゃん、それで、こいつは誰なんだい？」

「クインス＝ドロバ。モルテールン家の譜代であるドロバ家の子で、上に兄が居ます。最近は悪ガキトリオの後継者だといわれていて、いろいろとやんちゃをしていたのは知っています」

「ヤンチャにもほどがあるね」

ニルダの呆れたような言葉に、ペイスも返す言葉がない。

「言葉もありません。うちの弟分が皆さんには迷惑をかけてしまいました」

「ごめんなさい」

クーとペイスが、揃って謝罪を口にする。

「とりあえず、済んでしまったことは仕方ない。クーに対する罰は一旦おいておいて、優先すべきは事情の確認です」

ペイスは、今にも子供を殴り飛ばしそうな連中に、落ち着くように言う。

「まず、何故船に居たんですか？」

クーのいた場所は、鍵のかかった密閉空間。

最初に誰もいないことは入念に確認していたはずだし、荷物の積み下ろしの時にも潜り込む隙などなかったはずだ。

それこそ、防諜には人一倍気をつけねばならないお家柄、荷物に紛れて忍び込むようなことさえできないように注意していたはず。

一体どうやって忍び込んでいたのか。

いや、そもそも何故船に忍び込もうと思ったのか。ペイスは、クーに尋ねる。

「えっと……俺、かくれんぼが得意だろ？」

「ええ」

「んでんで、こないだお屋敷の傍に隠れてたんだ」

悪ガキ二世のクインスは、石投げが得意だった先代悪ガキのマルカルロとは違って、逃げ隠れするのが得意である。

特に隠れることに関しては天性の才能があるともいわれていて、死角や盲点を探すのも滅法うまい。かくれんぼで遊んでいた時などは、クーが隠れると鬼が三人は居ないとゲームにならないほど。

自分で得意というだけのことはあるのだ。

そのクーは、先日モルテールン領主館の傍に隠れていたという。

「屋敷の傍?」

「大きな窓の傍の、木の陰。そしたら、なんか話してる声が聞こえてさ」

「……執務室は防諜していましたが、応接室は今後更に防諜対策をしないといけませんね」

執務室には、最大限の防諜設備がある。

生半可《なまはんか》なことでは音も漏れないようになっているので、聞き耳を立てても中の音を聞くことなどできない。

しかし、応接室はそうではない。

来客の中には密室を嫌う者も多く、扉の外などで守る護衛が不審な音に気づけるようにしている部分もあった。

応接室の傍に隠れて聞き耳を立てていたというのなら、中の話し声が聞こえても不思議はない。

「んでさ、んでさ、なんか船に乗って人が来たとか言っててさ」

「コアトン殿が来た時の話ですか」

船がどうこうという話をしたのは、レーテシュ家の従士長が来た時だ。

あの時にこっそり隠れて盗み聞きしていたとするなら、内容は想像できる。

もっとも、クーにとっては従士長のコアトンの名前が分からず、きょとんとしていた。

「コアトン?」

「気にせず、続けてください」

「えっと……どこまで言ったっけ。そう、船に乗って人が来たって聞いたんだ。それで、俺も船に乗ってみたくてさ」

モルテールン領には、海がない。

四方を、いや三方を山脈に囲まれ、一方は元々山脈だったものがなくなって森と面するようになっている。

お陰様というのか何というのか、北方の山がなくなったことで気候まで変わり、モルテールン領は雨にも恵まれるようになり、かつてと比べれば様変わりしている。

生粋のモルテールン生まれのクーは、モルテールンの変わっていく様子を幼い時から見続けてきた。好奇心も大いに満たされてきたことだろう。

しかし、海は見たことがなかった。

大人たちや、或いは親しくしているラミトなどは海を見たことがあるらしいし、彼の兄は海の魚を食べたこともあるらしい。

海の魚については、かつての海賊討伐騒動の時、ペイスの活躍で得たものの炊き出しが行われたこともあって、食べたことのある人間はそこそこ多い。

ペイス謹製の魚介料理を食べたことのある大人たちは、皆美味しかったと口にする。

当時はまだ幼すぎた為に魚を食べられなかったクーとしては、噂だけ聞くのが海の魚。

曰く、とても美味しい。川魚と違って泥臭さが全然ない。口に入れた瞬間にほろりと崩れる身が旨《うま》い。食べた瞬間口が幸せになる。などなど。

幼い少年の海への憧れを想起させるのには十分な煽《あお》りである。


更に、既に解体された「ジョゼフィーネ親衛隊」の存在も、クーにとっては大きかった。

何せ、彼のよく知る年上のお兄ちゃんたちが、こぞって参加していたのだから。

モルテールン家の美人姉妹といわれたジョゼフィーネのファンは大量かつ熱狂的であり、クーにとっては存在が身近だった。

主家への忠誠心の高さを美徳とする神王国の騎士精神と、アイドルオタクのファン心理がセットになったような連中。

彼らは、ボンビーノ家にジョゼフィーネが嫁ぐことになった際、それはもう散々に荒れた。

口汚くボンビーノ子爵やボンビーノ領を罵ることもあった訳だが、その貶《けな》し言葉には「海があるからと威張っている」だの「船に乗れるからと偉そうに」などというものがあった。

一歩引いた立ち位置で聞いていたクーからしてみれば、海があって船に乗れるから美女を嫁にできたといっているように聞こえた訳だ。

これもまた、好奇心を煽るに十分。

常日頃の周りの環境から、クーは海に行って船に乗ってみたいと憧れていたのだ。

「気持ちは分かりますが、クーを外に出すのはまだ早いでしょう」

「うん、そういわれると思ってた。だから、こっそりついて来た」

「どうやって……とは聞きません。想像がつきます。〝かくれんぼ〟で、ルミと同じことをやりましたね」

「へへへ」

かつて、ルミが魔法の飴をつまみ食いして騒動になったことがある。

自分が隠れるのも上手いが、隠れているものを探すのも得意なクーは、普通の人には見つけられないであろう、隠していた「魔法の飴」をつまみ食いしたのだろう。

ペイスの指摘に、照れくさそうにするクー。

「褒めていません。怒っているんですよ!!」

「はい、ごめんなさい!!」

珍しいペイスの怒声に、クーは流石に背筋を伸ばして謝罪を口にする。

「事情は分かりました。これはうちの落ち度ですね」

誰がどう見ても、モルテールンの内輪の事情。

それで要らぬ面倒を起こしたというのなら、クーも悪いがモルテールン家の責任でもある。

「それで、この子はどうします?」

プローホルの意見に、ペイスは少し考え込む。

魔法で送り返すことも選択肢の一つ。いや、できればそうしたい希望的意見だ。

しかし、物事はそう簡単なものではない。

「今更帰れと言うこともできません」

既に、臨検をしていた連中に、クーの姿は見られている。

ここでクーを魔法で帰すのは容易いが、それをしてしまうとペイスとしては不本意な交渉を余儀なくされることになるのだ。

基本的に、諸島の人間は閉鎖的で排他的という。それぞれの部族が幾つかの島をもって自給自足に近しい生活をしているというのだ。安定的な生活の中に異物を入れたがる人間は少ない。

そんな中にあって、モルテールン家を含む一行は、相当に怪しい存在として見られるだろう。

最初から、敵として見られるかもしれない。いや、見られている。

そんな中で、クーの存在を〝隠した〟と見られるような行動をとるとどういう反応を引き起こすか。

自分の身に置き換えると分かりやすい。

事前に十人の集団だと見張りから報告があったはずが、九人で到着。あとの一人は何処に行ったのかと、気になって当たり前である。

穿《うが》った見方をしようと思えば、幾らでも悪いほうに考えられるだろう。こっそり隠れた人間が、悪いことをするのではないかと。

李下《りか》に冠を正さずという。疚しいことがないのであれば、堂々としていたほうがまだマシ。

クーを既に見られてしまった以上、ここは一行の中に入れてしまって、隠さないほうが良い。

ペイスはそう判断した。

「それじゃあ、このまま同行させるってのかい？」

「おいおい、まだガキじゃねえか」

「モルテールンの坊ちゃんより子供だ。なんだ、モルテールンは子供が特産品なのか？」

乗組員たちは、勝手に増えた密航者には厳しい。

ペイスとしても、ここで甘い顔はできない。しかし、放り出すわけにもいかないし、何より子供のしたことだ。ここでちゃんと反省しているようなら、同じ失敗でもない限りは許してやるのもモルテールンの流儀。

「クーのことは、取りあえず棚上げにしましょう。それよりも、目下の目標は通商交渉の成立です」

ペイスは、一行の気持ちを切り替えることにした。

交渉決裂

「見えました。あそこがそうです」

「おお!!」

思わぬトラブルに見舞われつつ、航海自体は恐ろしく順調に進む。

非正規船員が一人増えたのち、しばらくして目的地に到着する。

「いいかい!!　船底擦るような真似しやがったら海に放り込むよ!!　慎重にやりな!!」

「へい、姐《あね》さん!!」

目的地は、大型船舶は水深の関係で停泊できない場所。

沖合に錨《いかり》を下ろし、小さいボートを水面に下ろして小分けに上陸するしかない。

初めて来る場所だけに、ボンビーノ水兵も慎重さに慎重さを重ね掛けして、海の様子を探りながらしっかり停泊させる。

「それでは、一足先に」

「ええ、頼みます」

いきなり大勢で、事前の連絡もなしに押しかける。それも、見た目がゴツイ連中で、武装して。

こんなものは、問答無用で攻撃されてもおかしくない。相手の立場に立てば、海賊が襲撃してきたと誤解しても不思議はない状況だ。

故に、まずはこの場所に詳しいジュナム族のシュムラ氏が使者の一人と同行して、先に行く。

先方に事情を伝えたうえで、戻ってきたら状況を確認できる。

つまり、しばらくは暇だ。

操船の必要もなく、帆も全てあげて括ってある。波間に浮かぶ以外は何もできない時間が続くということ。

もしも使者が三日で戻らないようなら、使者は捕まったか殺されたかしたと判断することになっている。

鬼が出るか蛇が出るか。できれば、友好的な対応をしてもらいたいものだ。

「時間があるなら、釣りでもしますか。晩御飯のおかずを調達するということで」

「お、いいね。野郎が戻ってくるまでに、誰が一番でけえのを釣るか、競争しようぜ」

「それは良い。では、僕から賞金を出しますか。僕が勝ったらプローホルに賞金。プローホルは公平な審判としましょう」

「流石坊ちゃん!! いいぞ、話せるじゃねえか」

暇つぶしとなると、途端に元気になる野郎ども。

釣り竿は、それぞれの船員がマイ釣竿を持っていて、ペイスも船長権限で一本専用のものがある。

プローホルだけはマイ釣竿などないので、審判だ。

「俺も!! 俺もやりたい!!」

「……では、僕の釣り竿を貸しましょう。ただし、釣り上げたものはプローホル行きで」

「分かった、見ててよペイス兄ちゃん。俺、おっきいの釣るから!!」

ドロバの少年も、釣りをしたいと燥《はしゃ》ぐ。

彼も、無駄飯食らいで居ると肩身が狭いらしく、自分にできることを何かやりたいと言い張るのだ。

普段は、船内の掃除などの雑用係に就任して仕事をしているのだが、やはり年相応に楽しそうなことには首を突っ込みたがる。

「それじゃあ、釣りの開始で」

ペイスの号令一下。釣りの始まり。

「しゃあ!!」

「任せろ。デカいってんなら俺の出番だ」

「うるせえ短小、てめえの竿じゃ小物しか釣れねえよ。賞金は俺のもんだ」

「あんだコラ、皮被りが偉そうにしてんじゃねえ」

男所帯故か、お互いに交わし合う言葉が物騒なうえに下品。

クーの教育に悪いとペイスは顔を顰めるが、かといって黙ってろという訳にもいかない。

「あんたら、煩いよ!!　乙女の前で馬鹿なこと言うんじゃない!!　子供もいるんだ、大人しく釣りな」

ニルダは別として。

誰が乙女だと冷やかしもされつつ、わいわいがやがやと楽しく釣りが始まる。

いざ釣りが始まると、そこは流石にプロの連中。

騒ぐと魚が逃げることを知っていて、静かに釣りをこなす。

しかも、辛抱強い。

幼いクーなどは飽きを感じてしまっているようだが、船員たちは黙々と釣る。

やがて、ぽつぽつと当たりが出始めた。

釣り場が良いのか、餌が良いのか、腕が良いのか。

当たり始めると、ほぼ全員の竿がしなり始めた。

「よっしゃ、きたきた、こりゃ大物だぜ」

「ははは、いい釣り場じゃねえか」

揚がってくるのは、船員もよく知らない魚ばかり。

やはり遠方までくれば、泳いでいる魚の種類も変わるらしい。

これは食えるのかと首を傾げながら、皆が皆釣りを楽しむ。

「ペイス兄ちゃん、助けて!!　へるぷ!!」

「どこでそんな言葉を覚え……いや、これは大物ですよ!!」

いよいよ、クーの竿にも当たりが来た。

小柄な体ごと持っていかれそうになっているのを見て、ペイスは慌てて竿ごとクーの体を抱え込む。

「デカい、兄ちゃんこれ大物だ!!」

「ええ、横に魚が走ってます。いいですか、タイミングを合わせて。誰か!!　網持ってきてください」

クーは意外と根性というものが備わっていたようで、大の大人でも苦労しそうな大物釣りを、支えてもらいながらではあっても最後まで竿を握ったまま完遂してのけた。

釣り上げたものは、クーの背丈を超える特大サイズであった。

マグロなのかカツオなのか、或いは別の魚なのか。素人であるペイスはよく分からなかったが、流線型の形からしてマグロっぽい感じである。

「おお!!」

「すげえ!!」

さしもの水兵も、これほどの大物は久しぶりだと集まって、釣り上げたガキンチョを褒める。

悪ガキであっても、手柄をあげればちゃんと褒めるあたりは細かいことを気にしない海の男といった感じだろうか。

「竿が特注なのはともかく、よく糸が切れなかったね」

ニルダの呆れた声に、ペイスがこっそり耳元で喋《しゃべ》る。

「実は、魔の森の蜘蛛《くも》から採れた糸です。相当に頑丈なのに細くて軽いので、試用していたのです」

モルテールン家としての利益もなくては、そもそも航海をカセロールが賛成するはずもない。

魔の森産の品の商品価値を確かめるという目的は、今回の裏目的である。

「おっしゃ、こりゃもう一等は決まりだな」

「悔しいが、勝てねえわ」

「それじゃあ胴上げだ、胴上げ!!」

優勝者が子供だったからだろうか。

大人たちも楽しそうに、盛り上がっている。

夕飯が豪華になることも喜びだし、他の奴にどや顔されることもなくなったからだ。

小柄な体躯の少年を、丸太のような腕の男たちで胴上げ。というよりぶん投げて祝う。

「あはは、高い、すげえ……あ、なんかあっち、戻ってきたみたい!!」

無邪気に胴上げを楽しんでいたクーが、空中で小舟を見つけた。

「本当ですか?」

「うん」

「よく見えましたね。では総員、釣りはここまで。片づけて、上陸準備!!」

「おう!!」

初めての土地への上陸である。

船を盗まれないように守る人間と、上陸する人間を守る護衛とに分かれ、陸地への移動を開始する。

数回の往復の後、最後の便で陸に上がったペイスは、その場で出迎えを受けた。

一人の年寄りを先頭に、十人程度の集団の出迎え。歓迎なのか警戒なのか。

ペイスは、笑顔で挨拶をする。

「ようこそジュラへ。連絡は受けております。どうぞこちらへ」

「先んじての手配と御心配りに感謝いたします」

森人の文化では、島というのは天然の境界線であり、国境のようなものとされている。

大地に線を引くが如き諍いは野蛮であるという考え方があり、基本的に一つの島は一つの部族が独占して居住していた。

一つの島の中に複数の部族が存在することが、基本的にはないという意味で、一島一部族の原則は太古の昔から今日に至るまで伝統として息づいている。

老人の挨拶は、この伝統を感じさせるものだった。

サーディル諸島にある有人島の中で、最も大きい島、ジュラ島。

ここは、レーテシュバルを尋ねてきていた森人の一族、ジュナム族が治める島だ。

大きさ的には佐渡島《さどがしま》程度はある島で、島をぐるっと一周するのに人の足だと急いでも三、四日かかるといえば大きさも分かりやすい。

有人島としてみればそれなりに資源の豊富な土地を有し、島の中で最も高い山は標高が千メートルを超える。

植生も豊かで、また降雨量にも恵まれた島。

ジュナム族が有力部族として森人の代表を務めるのも、当然といえば当然だろう。

木材などにも困ることはないようで、外洋を航海できるだけの船舶を製造する技術は貴重だ。

ペイスたちが案内されたのは、木造三階建の大きな建物。

学校の校舎のような雰囲気であり、画一的な部屋が幾つもある。

ジュナムの一族が政務を行う、政庁だ。

建屋の一室。

応接の為の部屋に通されたペイスたちは、一人の老人と対面する。出迎えてくれた老人より、更に年がいっている。

「部族を纏めておるシュパルと申します。名高きモルテールン卿の御来訪を心より歓迎し、またご尊顔を拝する機会を得ましたること、誠に恐悦至極に存じ上げます」

両手を軽く上げたまま膝をつく族長。

森人の、古い挨拶であり、最高の礼を示す挨拶だ。

事前に森人の文化を聞いていたペイスとしても驚きはなく、神王国人として手を軽く握ったまま胸にあて、敬意の籠《こ》もった挨拶を返す。

「こちらこそ、お会いできて光栄ですシュパル族長。今日の機会が我々の友好の始まりであることを願ってやみません」

椅子というのか、或いは丸太と呼ぶのか。

自然み溢れる木製の椅子らしきものに腰かけ、ペイスと長老の会話が始まる。

「お父上は、お元気ですかな?」

開口一番、長老はペイスに父親のことを尋ねた。これは、ペイスとしては驚きである。

「父をご存じなのですか?」

「直接言葉を交わしたことはありませんが、お噂はかねがね。私も昔は北に行く機会がありましたので、大戦の英雄の武勇伝は聞き及んでおります」

海を航海するのは、一族の中でも選ばれた勇士であり、長老も二十年前ほどまでは海に出ていたという。

その際、レーテシュバルまで行かずとも、聖国の港でもモルテールンの噂は流れていたと老人は語る。

「息子として誇らしく思います。幸いにして父も健勝でありますので、家に戻りましたら族長から父に対してお気遣いいただいた旨を伝えておきます」

「そうしてもらえるとありがたい」

ははははとお互いの会話で笑い声が起きる。和やかで、友好的な雰囲気だ。

ある程度場がほぐれたところで、最初に切り出したのは長老のほう。

「それで、今回わざわざ足をお運び頂いたご用向きをお伺い致しましょう」

ある程度内容については承知しているのだろう。

明らかに値踏みする視線でペイスを見てくる。

長老だけではない。周りにいる者皆が皆、ペイスが何を言うのかと見つめていた。

質量があるならペイスが押しつぶされていたかもしれないほど、視線が集中する中。

ペイスは、本題を切り出す。

「さすれば、交易を願いたい」

「ほほう」

ペイスが求めるものは、友好親善。という建前である。

しかし、実利を求める菓子狂いは、それだけで終わるはずもない。

交易だ。

求めるものは、南国のフルーツ。今までの交易では手に入れることのできなかった、直接交易である。

仮に交易を認めてもらえたなら、モルテールン家には【瞬間移動】の魔法もあるのだ。窓口さえ作ってもらえれば、今後は定期的にフルーツが手に入ると、ペイスはぐっと前のめりで話をする。

「交易とは、どの程度のものをお考えかな?」

「規模としては、個人で買える程度のものでも構いません。ただ、単発なものではなく恒久的な友好関係を結びたく思っております」

ペイスは、できるだけ穏便に交渉を進めた。

「なるほど、要望は承った」

「ありがとうございます」

「少々我々だけで話をしたい。控えの間を用意するので、しばしお待ちいただけるか」

「分かりました」

要望を受け取ったからには、その内容を吟味《ぎんみ》せねばならない。

森人の指導者層は、その場に残って話し合いを始める。

「モルテールンとの親善という目的はどう思うか」

長老の問いに、老人たちがめいめいに意見を言い出す。

総じて意見を纏めれば、モルテールンと仲良くすること自体は問題ないだろうという結論になる。

そもそも遥か遠方の土地のこと。仮に【瞬間移動】の魔法があったとして、魔法にも制限があるはずなので、そう簡単に来られるはずがないという意見で一致したからだ。

自分たちが行くこともない〝未開の地〟のことなど、どうでもいいというのが長老たちの考えである。

どうでもいいことなのだから、仲良くしたいというものを喧嘩腰で断るまでもないということで話が決まった。

「では、交易についてはどうか」

今度は、意見が紛糾しだす。

そもそも森人は、基本的に自分たちの島だけで自給自足が完結する。足りないものがあったとしても、普通は別の部族と足りないものを融通《ゆうずう》し合う。

故に対外的に〝輸入〟するものというのは、ほぼ全てが贅沢品《ぜいたくひん》だ。

なくても生活には困らないが、あればそれだけ生活が豊かになるというものが、ごくたまに交易品として入ってくる。

老人の一部が反対意見を言うのも、ここに問題があるからだ。

贅沢品に慣れてしまう。娯楽や嗜好品に親しむ。

年寄りからすれば、遊びにかまけて大事な仕事を蔑ろにしかねないものだと感じる訳だ。

現代で言えば、親がゲーム機を隠そうとする心境に近しい。或いは漫画やアニメを禁止して勉強させようとするようなもの。

贅沢なものを受け入れることで、若者が堕落するという意見が反対の根拠だ。

自分たちが若いころには嗜好品などなく、真面目に仕事をしていた、などという意見を言い始める始末。

「……ふむ、交易品の事前確認があれば、構わないのか？」

「それならばまだ良い」

年寄りたちは、交易に関して、条件付きなら許可してよいという結論に至る。

交易品を、自分たちの制限の下で管理できるなら、という条件だ。

むしろ交易など不要という意見もあったのだから、これでもモルテールンの勇名に配慮したのだろう。

「では……継続した交易というのはどうか」

「恒久的な交易というのは受け入れられん!!」

強硬派と思《おぼ》しき、年嵩《としかさ》の人間が言う。

単発の交易ならば、或いは極稀《ごくまれ》に行われる交易ならば、まだ管理のしようもあるだろう。

しかし、継続的に交易を続けるとなると話は変わる。

物が入ってくる量も頻度も違ってくるからだ。

保守的な人間は、こぞって反対する。

やがて、結論が出たことで、ペイスが改めて呼ばれる。

今までの議論の結果を踏まえ、ペイスの要望には応えられないというのが正式な回答だ。

「お客人。残念な結果とはなったがゆるりとしていかれるとよかろう」

断られたペイスの目には、困難にこそ輝く智謀《ちぼう》の光が灯っていた。

再交渉

南国の島ならではの空気というものがある。

気温が高く、潮風を受けて湿度も高い。むわりと熱が籠もったような、森の中の緑の香りを、更に濃くしたような匂いのする風。

「パイナップルにマンゴー……これは蜜柑《みかん》でしょうか？　バナナっぽいものもありますよ。本当に、南国という感じですね」

「初めて見る果物の名前を、なんで知ってるんですか？」

「知識では知っていたというだけですし、僕の知る果物の名前で呼んでいるだけで、本当に同じものかは分かりませんよ。食べてみないと」

ペイスが居るのは、島の中にある市場。目下趣味全開、もとい、商品を見繕う為の見回り中。

ペイスたちが乗ってきたジョゼフィーネ号にも、いろいろな商品を満載してきたモルテールン家である。何かに使えるかもしれないと食料という名目で交易品を載せてきていた訳だが、多少のものでは定期的な交易は難しいことが分かった。

積んできた荷物をそのまま載せておいても意味がない。

ある程度積み荷を降ろし、どうせなら今回限りであっても赤字の出ない程度の交易をしておこうという目論見。

今は、ニルダの部下たちが持ってきたものをできるだけ高値で売れるよう動いている。元々雑用をこなす水兵団であったから、下働きのような細かいことは得意にしているらしい。

見た目は厳つい奴らばかりだが、荒事専門という訳でもないそうだ。

「今買い込むのは止めてくださいよ。荷物持ちやることになるので」

「プローホルもしっかり自分の意見が言えるようになって、僕は貴方の成長を感じています」

流石に一人でうろつく真似は止めてくれという要望があった為、ペイスは従士を護衛に散策中。

美味しそうな食材が並ぶ場所をぶらつくのは、とても楽しいことだ。

少なくともペイスにとっては、娯楽の極致であると同時に情報の塊だと感じていた。

「ボンカは見かけませんね」

「あれは北の果物でしょう。モルテールンでも育てられるように品種改良中のものが、ここにあったら驚きます」

「なら、ボンカを持ってくるだけでも売れるかも」

「どうでしょう？　馴染みのない果物を持ってきても、売れないかもしれませんよ？」

「そんな。初めて見る果物なら、食べてみたいと思うものでしょう」

「……誰もがペイストリー様と同じではないと思います」

「そうですね。言うとおりです。まずは、ここの人たちの価値観を知らないと」

サーディル諸島で需要が高いのは、まずは金《きん》だろうか。

島々が集まるサーディル諸島でも、金を産出する島は少ない。あっても、大陸の鉱山と比べれば採掘量は雀の涙。

更に言えば、ペイスたちが今いるジュラ島では、金は一切採れないのだ。時間がたっても錆《さび》も腐食もせず、煌《きら》びやかで、軟らかくて加工しやすい金という貴金属は、ジュラ島においては他の地域にもまして価値が高いのだ。希少価値という面で、プレミア価格になる。

ペイスたちは金の産地であるレーテシュ領から出航したこともあって、金の地金を幾つか持ってきていた。勿論、臨検の時は隠していたのだが。ペイスの懐に隠せる程度の大きさでも、価値的にはそれなりに高い。

ずしりと重たいこれを、ジュラ島ならではの産物と交換して、持って帰るのが交易のお仕事。

しかし、実際にいろいろと調べてみれば、思っていた以上に貴金属関連の価値が高い。また、鉄製品や銅製品などの金属製品の価値も高いようだ。

「凄いですね。船にある鍋一つ売れば、大量に食料が買えそうですよ」

プローホルは、外国に来たという事実を実感する。

下手をすれば金貨一枚でも、船一つを荷物で満載にして帰れるかもしれない。

メジャーでない海外交易は、上手く嵌《は》まれば信じられないぐらい儲かる。

こうして自分の目で見ることで、初めて湧く実感というものだ。

「レーテシュ家やボンビーノ家が豊かになる訳です」

「ですね。海洋交易は旨味がたっぷり。羨ましいですね」


神王国でも、南部は比較的に豊かだといわれている。

特に、レーテシュ伯爵家は昔から変わらず富豪だ。また最近ではボンビーノ子爵家も金回りが良くなっている。

レーテシュ家が豊かな理由はいろいろある。金山を領内に抱えていること。領内は平地が多く、水利にも恵まれていて農業生産力が高いこと。人口が多く商業や諸工業が活発であること。大きな街道が通っていて、交通の要所であること。などなど。他家からすれば、一つでいいから分けてほしいと言いたくなる恵まれっぷりである。

それに比べると、ボンビーノ家はそこまで恵まれてはいない。

領内の農業生産力はほどほどであるし、領内に金山がある訳でもない。人口も一時期に比べればまだまだ少ない。

しかし、ボンビーノ家はレーテシュ家と並び称されるほど儲けている。

これは、ボンビーノ領にある港が天然の良港であり、漁業港としても交易港としても優秀だから。

農業生産力や工業生産力で劣るとも、こと交易に関しては、ボンビーノ家とレーテシュ家の条件はほぼ互角。

大きな主要街道を複数抱えている点や、船を使って交易ができることなど。

海洋交易だけで、金山や広大な農地というディスアドバンテージを挽回しているのだから、交易の利益の大きさは相当なものだと素人でも分かる。

「特に、ボンビーノ家は投資を海に偏らせていますからね。今後も益々発展することでしょう」

「良いことじゃないですか。ジョゼフィーネ様が喜ばれます」

「姉様は喜ぶというより、発破《はっぱ》をかけていそうですね。ウランタ殿のお尻を叩いて仕事をさせそうです」

「ははは」

ボンビーノ家は、目下海洋に関する投資を大々的に行っている。

大きな船舶を作ることもそうだし、港湾整備もそうだ。

これは、ペイスの姉たるジョゼフィーネの助言があったといわれている。

曰く、人と同じことをしても、人と同じ結果しか出せない。より飛躍しようというのなら、人と違うことをしなければならない。だそうだ。

人と違うところしかない弟を持ったが故の、実体験であろうか。

人の意見は柔軟に取り入れるのがボンビーノ子爵の良いところ。

確かにそのとおりであり、海洋交易の分野はまだまだ文字どおりのブルーオーシャン。開拓の余地がとてもたくさん残っている。

今回のサーディル諸島への船舶派遣も、恐らく将来を見越した布石の一つであろう。

モルテールン家の予算で、ニルダたちに新規航路を開拓させられる。持ちつ持たれつな関係性である。

「モルテールンではどうあっても無理ですからね……無理ですよね？」

「さあ、どうでしょうか」

世の中の不可能を可能にしてきた男が、プローホルの傍に居る。

山を動かし、龍を倒し、荒野を開拓してきた、魔法使い。

海のないモルテールンで海洋交易の利益をあげるのは不可能に思えるのだが、無理だと断言しない辺りが妙に引っかかる。

優等生で呑み込みの早いプローホルには、嫌な予感しかしない会話だ。

「将来のことを考えるのも大事ですが、まずは今目の前のことを片づけませんと」

「はい、まあそうですね」


先々、ボンビーノ家が交易で儲けるようになるにしても、モルテールン家としては介入することは難しい。そもそも船を持っていないのだから、口出しも難しいのだ。であるならば、折角の機会、今目の前にあるものを、どう活かすかが肝心だと少年は言う。

少なくともペイスの目には、市場がお宝の山に見えていた。

色とりどりの南国フルーツ。

ヴォルトゥザラ王国で見た異国情緒とはまた違った、南国情緒のある果物たち。どれをとっても美味しそうに見えてくる。

「ぜひとも定期的に仕入れたい」

ペイスの頭の中は、今高速で回転している。

エンジン音が頭の中から聞こえるなら、暴走族もかくやという轟音《ごうおん》が鳴り響いているに違いない。

お菓子の為なら常識すら投げ捨てる、ペイス専用のスイーツ頭脳。

なんとかして、フルーツを定期的に手に入れなければなるまい。

「できますか？」

部下の問いに、ペイスはにやりと笑う。

「我に、秘策あり」

◇◇◇◇◇

「モルテールン卿、どうなされました」

ペイスの要請が断られてから二日後。

彼は、改めてジュナム族の族長シュパルへの面会を申し込んでいた。

このまま手ぶらで帰る訳にはいかないという建前で、結構強引にねじこんだ会談だ。

「実は、ジュナム族の皆さんに召し上がってもらいたいものがありまして」

「ほ？」

族長は、ペイスの言葉に一瞬呆けた。

つい一昨日に、モルテールン家からの要請を断ったばかり。

てっきり、もう一度同じような要請をしてくるか、要求水準を下げて再交渉してくるか、或いは怒って怒鳴り込むか。どれかだろうと思っていたからだ。

まさか、食べ物を振る舞いたいと言ってくるとは思わなかった。

「勿論、頂けるというのであればありがたく頂戴しますが……ものは何でしょうや」

「僕が作った、スイーツです」

「スイーツ？」

ペイスは、ジョゼフィーネ号の船内にもお菓子の材料を相当数持ち込んでいる。

というより、折角のフリータイム。お菓子研究に勤しむ好機であると、いろいろと試行錯誤の時間にしていた。

公私混同も甚だしいが、それで作ったお菓子であったり、或いは市場で買いつけた南国フルーツの研究結果であったりも用意されている。

「そういうことなら、若い者も呼んだほうが良いですな」

「そうですね、ぜひとも」

族長は、甘い菓子というなら若い連中が喜ぶだろうと考えた。

彼らの常識では、神王国のスイーツというのは兎に角甘さが強く、年寄りが食うには胃もたれを覚悟せねばならないものだからだ。

ペイス製のお菓子、モルテールン印のブランドを、彼らはまだ知らない。

族長に呼ばれ、若者がぞろぞろと集まってくる。

「さあ、皆さん召し上がってみてください」

ペイスは、集まった面々に手製のお菓子を振る舞う。

神王国ではプレミアがついている、モルテールンのお菓子の数々。

ペイスにくっついて護衛しているプローホルなどは、美味しさを知るだけに涎《よだれ》をたらしかけている。

「どうでしょう」

「美味い!!」

「本当に美味しい。何だこれ」

「生まれて初めて食ったぞ!!」

ペイスは、自分の作品を皆に振る舞った。

感想を尋ねたところで、皆が皆美味しいと口にする。

どんな時でも、美味しいと言ってもらえるのは喜ばしいと、ペイスはニコニコである。

「ふむ」

そんな若者たちの様子を見て、族長はじっと考え込む。

これは何をしたくてやっていることなのかと。

「我がモルテールンは、フルーツの扱いにかけては世界一と自負しております」

「ほう」

「言葉では、幾ら言っても分からない。実際に食べてみてこそ、分かることだと思います」

「それは、そうでしょうな」

目の前で美味い美味いとお菓子を取り合う連中を見れば、ペイスの言うこともあながち嘘とも思えない。

世界一というのが流石に大げさな表現だとしても、フルーツの扱いに長けているのは事実だろうと考える。

実際に〝生まれて初めて見た〟はずのフルーツを、これだけ見事に調理してみせたのだ。高い技術と知識があるのは間違いない。

「貴方方《がた》が手を取るのなら、我々こそ最適でありましょう。貴方たちの持つものの価値を、誰より

も知っています」

なるほど、とシュパルは頷く。

ペイスの言いたいことが、ようやく見えたからだ。

少年は、こう言いたいのだ。

ジュナム族の作っているフルーツで交易するのなら、自分たちモルテールン家が一番高く買い取れますよと。

つまり、今回交易は諦めるにしても、もしも交易をするのであれば自分たちにという、予約をしたいのだ。

確かに、今は交易など魅力を感じないが、将来は分からない。先々のことを思えば、モルテールン家とは仲良くしておいたほうが良さそうである。

族長は、そう判断した。

「なるほど……おっしゃることはよく分かりました。モルテールン家とは今後も仲良くしていきたい」

「こちらもそう望んでおります」

「結構。継続した交易まではできませんが、今回に限った交易と、今後の友好親善については前向きに検討します」

「では、交渉成立ということで」

ペイスの手には、確かな手ごたえがあった。

懇親会

「おお、貴女もいける口ですね」

「おうともさ。海蛇のニルダ様にとっちゃ、これぐらいは軽いもんよ」

ペイスが交渉に手ごたえを覚えた翌日の夜。

友好親善が正式に認められたことがペイスたちに伝えられた。〝遠方の蛮族〟と、仲良くしてやってても良い、という先だっての長老衆の意見から、若手を中心とした〝双方の意思〟での友好親善という形に変わったことを。親善の形にもいろいろとあるが、より友好的な形でモルテールンと交流しようということになったらしい。

先々を見越して、族長が判断した部分もある。

ペイスが振る舞ったスイーツは、非常に説得力があった。自分たちのもつ商品の価値を、高く評価してくれるというのも間違いないし、フルーツにより大きな付加価値をつけられるならば、モルテールン家はフルーツを仕入れて大きく儲けられる。儲けが大きければ、翻って自分たちの価値も高くなる。族長は、そう長老たちを説得した。

何も、今すぐ交易しようというのではない。将来交易を必要とする事態になった時、使える札の一枚として持っておくのも悪くはないという説得である。

モルテールン家の表向きの立場としても、今後とも仲良くしましょうということをお互いに確認し合った訳で、とりあえずペイスの外交としては十分な成果をあげられたことになる。

急いては事を仕損じるとの言葉もあるとおり、まず十分な成果をあげたなら満足すべき。

プローホルやニルダをはじめとする面々に言われたこともあり、とりあえずの交渉妥結を祝う運びとなった。

森人の祝いとは、即ち酒盛りと宴である。

「ははは、海蛇ではなく蟒蛇《うわばみ》でしたか。ではもう一杯」

「おととと」

「いい飲みっぷりだ。うちの息子の嫁にしたいぐらいで」

「あははは、そりゃ嬉しい言葉だが、あたいは船の上で生きて死ぬと決めてるからね。陸《おか》に腰を落ち着けるのは、無理って話だ」

「そいつは残念。ささ、もう一杯」

「いい酒だ。それじゃあ、あたいからもご返杯」

「こりゃありがたい。いやあ、美人のお酌とは嬉しいですなあ」

ペイスとその一行をもてなす宴は、たけなわである。

ジュナム族の宴会は、夜に行われる。

そして、必ず屋外で行われる。

ジュナム族にとって宴というものは、感謝するためのもの。

今回は、遠くより来たる新しい友人との出会いに感謝する宴。

感謝とは伝わって初めて感謝になるのであって、限られたものの間で隠すようなものではない。ぜひ自分たちがどれほど感謝しているのかを公明正大に知らしめよう、というのが、彼らの流儀。

宴会は盛大であればあるほどより大きな感謝をしていると見做され、また参加者が多ければ多いほど良い宴であると見做される。

宴会の席においては酒を飲んで飯を食い、楽しむことこそ上等な感謝とされていて、遠慮はしてはいけないというのがマナーだ。

自分たちの食を支えてくれる収穫の宴であったり、新婚夫婦が今まで育ててくれた両親に感謝する宴であったり。大抵、目出度いことがあれば宴を催す。

実り豊かな自然の中で育つジュナム族であるから、羽目を外す時は目いっぱい外すように育つのだ。

「肉が焼けたよ!!」

罰の一環として小間使いをやらされていたクーが、精一杯大きな声で叫ぶ。

調味料に漬け込んだ大きな肉の塊を、じっと火で炙《あぶ》る仕事をしていたのだ。

調理場を取り仕切る森人が、クーの担当する肉が焼きあがったことを確認したので、クーが自分の手柄のように大声で叫んだ訳だ。

「おっしゃあああ!!」

「待ってたぜ、俺の肉ちゃん」

船乗りたちが、丸焼きのような肉の塊に、殺到する。

手には酒、顔には笑み、口には涎をたらし、さっさと寄越せと幼い少年を恫喝していた。

ここしばらく船の上に居た連中にとっては、新鮮で焼きたての肉を食えるのは久しぶり。魚なら食い飽きるほど食えるのだが、肉というものは船の中では限りがある。干し肉のような保存食以外となると、それはもう貴重も貴重。

ここで食いだめしてやるぜとばかりに、おっさんたちが群がっていた。

「ちょっと待ってくれって、切るのが難しいんだって」

「おい、さっきの奴より肉が小せえじゃねえか、もっとガッツリ切れ!!」

「んなこと言っても、ムズインだって」

「バカ、包丁貸せ。俺がやる」

「あ、ちょっと」

小さい少年に、肉の切り分けは難しい仕事だったらしい。

もたもたとトロ臭い手つきに業を煮やした奴から、切り分け用の包丁を奪われた。

「クー、もう雑用は良いですから、あなたも食べてきなさい」

「お酒が入った男たちが包丁を持ってる場に、子供が居るほうが問題ですから。遠慮はいらないらしいですよ?」

「いいの?」

「分かった!!」

包丁を取り合って男たちが争いだしたところで、流石に危険だとペイスはクーを雑用から解放する。

そしてそのまま、宴の中を軽く見回っておく。既に危険な酔い方をしている人間が現れ始めたからだ。

「モルテールン卿も飲んでいるか？」

「ええ、頂いております」

「うむうむ、大いに飲むといい」

見回りの途中、森人の一人に呼び止められて、酒を注がれる。

酌をする人間も酔っているのか、手元が怪しいままなみなみと注がれた。勧められた酒を飲まないというのは何処の世界でも嫌われる行為なので、ペイスは【治癒】の魔法で酔い覚ましをしながら酒を飲む。

魔力がある限り酔わないのだから、反則的な飲み方だ。

「このお酒、美味しいですね」

「そうだろう。我らの自慢の酒だ。今日は秘蔵の酒も大盤振る舞いしている。モルテールン卿が友になった宴であるからな」

「では、我が友に乾杯」

「おお!!　乾杯だ!!」

ペイスは、若い男と杯をぶつける。

飲んでいるのは、なんとレーテシュ産のワインだ。

神王国人の、それもレーテシュ領から来た人間に振る舞うのもどうかと思わなくもないのだが、ジュナム族にとってはこの酒は最高級品である。

定期的な交易をしていない彼らにとって、極稀に手に入る舶来の酒というのは、非常に貴重なもの。秘蔵の品である。

とびっきりの宴の席に、とびっきりの酒となると、こうしてレーテシュ産や、聖国産の酒が振舞われる。

ちなみに、モルテールン産の酒も片隅にあるのだが、これは長老衆が隠すようにして飲んでいた。貴重さでいうなら、モルテールン産の酒のほうがここでは貴重だからだ。ペイスが贈ったものでもあるのだが、森人の老人連中は甘いお酒を気に入ったようだった。

ペイスにしてみれば、一番ありふれている酒になる。別に隠さなくても取りはしないのだが、宴の席では遠慮がご法度の為、若い衆に見つかるとごっちゃんですとばかりに飲まれてしまうというのがその実情。老人たちだけで飲もうとしているあたり、宴とは老獪《ろうかい》さを学ぶ場でもあるのだろう。

「モルテールン卿」

「おや、これはシュパル族長」

遠慮無用の無礼講の場である為か、酒に強い者は遠慮なしに酒樽へ吶喊《とっかん》している。

酒に弱い者や、或いは酔いたくない者は控えめに脇のほうで食事中。

ペイスの元に森人の老人がやってきたのは、皆の目がペイスに集まっていないタイミングだった。

いつの間にか、少し離れたところに居たペイスの傍は、長老と御付きの老人だけの状況になっている。

恐らく、初めからこうする予定だったのだろう。

「今回は、ご期待に沿うことは叶いませんでしたかな？」

「いえ、そのようなことはありません。こうして互いに友誼を結び合えたことは今回の航海の目的を十分果たしています」

「そうですか。しかし、私の目には満足しているようには見えない」

「そう見えますか？」

「ええ」

伊達《だて》に年を食っている訳ではないのだろう。

今までの交渉のやり取りや、僅かながら交流を持ったことで、族長はペイスの為人《ひととなり》をぼんやりと摑みかけている。

男の目から見れば、少年の顔つきは成果に満足している顔ではない。まだもっと他に求めるものがあって、まだ諦めていない者の顔だ。

不満足であり、不十分であり、不足であると感じている者の顔なのだ。

「やはり、我々としてはフルーツを定期的に仕入れたいのですよ」

「ふむ」

普通の外交官なら、引き際を弁《わきま》える。

全てを一度に得よう、などと考えて、結局丸損ということもあり得るからだ。

外務というものは、人付き合いと損得勘定が基本。最初の人間関係構築に、時間をかけておくのも将来の布石。

今ここで、もっと成果をというのは、普通ではない。欲張りだ。強欲といっていい。

普通なら諦める。普通なら。

悲しいかな、どう評価しても普通でないペイスは、お菓子に関してどこまでも貪欲《どんよく》である。

フルーツを定期的に仕入れたいという要望を改めて伝えた。案の定、感情的な反発が起きる。

長老の付き人の老人などは、明らかにペイスを蔑むようになった。物の道理も分からぬ小僧、とでも言いたげな目をしている。

「特に仕入れたいものが一つ」

「……何でしょうかな。ご期待には応えられませんが、お話は伺いましょう」

既に自分たちの譲歩は限界である。継続的な交易などというものは諦めろ。何なら、今回の単発の交易さえ白紙に戻すぞ、という族長の匂わせ。

明らかな脅しである。

これまた普通の外務であれば、明確な撤退のサインだ。

ここで押すメリットなどない。

普通なら。

「幻の島の、幻のカカオ」

「幻の島の、幻のカカオですか」

森人二人には、驚きがあった。

どこでそれを知ったのか、という驚きだ。

カカオというのは恐らく自分たちが幻の果実と呼んでいるものだと思われるが、そもそもそれがあるといわれる幻の島のことを、目の前の少年が知っていたことは驚愕でしかない。

「シュムラさんが、教えてくれたのですよ。我々が求めてやまないカカオ。その更に上があると。僕としては、ぜひとも手に入れたいと思っているのです」

「……不可能ですな」

「ほう」

族長は、ペイスの意見を無理だと言い切った。

幻と呼ばれるのには、理由がある。

「そもそも、我々ですら島が何処にあるのか分からないのです。見つけることが、そもそも難しい。見つけたとしても……いや、これは余計でしたな」

不思議な話である。

島があることは間違いない事実であるにもかかわらず、島の場所が分からない。

そんなことがあるのだろうか。

族長が言うからには、恐らく本当なのだろう。

ペイスは〝事前に調べていた〟内容と、族長が言うことに差異がないと感じたところで、一つの提案を持ちかける。

「では、どうでしょう。賭けませんか？」

「賭け？」

「我々が、幻の島からカカオを持ち帰るかどうか。無事に持ち帰ったなら、我々と定期的に交易していただきたいのです」

「……持ち帰れなかったときは？」

「貴方方の用意する船いっぱいの金を進呈しましょう」

船いっぱいの金、と聞いて、流石の族長も目を見開いた。

自分たちの持つ船には、何十人もの人間が生活できるだけの空間のある大型船もある。

それを満たすほどの量となれば、人生を何千回遊んで暮らせることか。

「……いいでしょう」

「では、契約成立ですね。証人は……そちらの方で良いですか？」

ペイスは、傍らに立つ人物に証人を願い出る。勿論、断るはずもない。

「ふん、神王国の猿どもに、見つけられるものか」

族長の横に居た老人は、侮蔑を込めて鼻で笑った。

探検

宴から、一夜明けて。

「いざ出航‼」

ペイスたちの船ジョゼフィーネ号は、一路大海原へと船を進める。

目的は、幻の島と呼ばれる場所だ。

どこにどう行けば良いのか分からないままの出航に、森人たちは笑っていたが、当のペイスは至って大真面目である。

「ペイストリー様、そろそろいいでしょう」

森人たちが見えなくなった頃合い。

船長室に、プローホルがやってきてペイスに尋ねた。

「プローホル、そろそろとは？」

「いい加減教えてくださいませんか。何を考えているのか。幻のなんたらも、見つける当てがあるんでしょう？」

青年が聞きたかったのは、ペイスの考えである。

常日頃突拍子もない行動をとり、何をしているのかがさっぱり分からないのが当たり前とはいえ、今回は既に海に出ている。

何かあれば命の危機に直面する以上、状況を知りたいと思うのは当たり前だ。

そして、プローホルの見るところ、ペイスは割と目的をはっきりさせて船を出している。

「ほう、どうしてそう思いました？」

「それは、教官が教えてくれたことを覚えているからです」

「僕が教えたこととは？」

「戦いは、始まる前に終わっている。情報を集めることは、何よりも優先すべきことであり、勝算なしに戦うなど指揮官失格である、と」


かつて寄宿士官学校で、当のペイスから直接教わった座学。

戦いは、始まる前に終わっていると。

敵を知り、己を知らば百戦危うからずと。

考えのない猪《いのしし》武者というものからは程遠いのがモルテールン家の御曹司。転んでもタダで起きないのが流儀作法である。

ならば、今現在もそれ相応の考えを張り巡らせているはず。

「教えたことをしっかり覚えてもらっていて、嬉しいですね」

「それはもう。鬼教官でしたから」

「心外ですね。体罰も残業もなかったでしょう？」

「頭と体を酷使されたことは覚えています」

プローホルは、ふっと昔を思い出す。

最終年度の一年だけであったが、ペイスからしごかれたことは記憶としても強く残っている。

それまでの三年間をあわせても、ペイスから教わった一年のほうが濃い。体力的にも相当に絞られた覚えがあるし、覚えねばならないことは泣きながら頭に叩き込んでいた。

「体も頭も、使えば使うだけ鍛えられるのですから、使わないと損じゃないですか」

「学生時代は本当に大変でした。お陰で今があると思ってます」

「良いこと言いますね。その調子なら、将来は責任ある地位に就いてもらうことになるでしょう」

「……他のところなら喜ばしいことなのでしょうが、当家ではあまり喜ばしく思えないのは何故でしょう」

「先輩たちの悪い影響ですね。やれやれ」

ペイスが肩を竦《すく》める。

モルテールン家の大人たちは、皆が皆揃って忙しい。

そして、まるで忙しさの責任がペイスにあるように責め立てる。

悪い大人たちだと、ペイスが呆れる。

ははははとプローホルは笑う。

悪い影響も何も、そのとおりじゃないかと思ったからだ。

「自分の私見を述べてみても？」

「勿論。久々に先生の真似事をして、採点しようじゃないですか」

教え子の成長を見届けるのに、ペイスは船長室の椅子に座りなおす。

「ずばり、もう目途《めど》はついている」

開口一番、プローホルは言う。

「それだけでは点数はゼロですね。理由は？」

「ではまず、幻のカカオについて聞いたのは、レーテシュバルでのことですよね」

「ええ」

「ペイストリー様が幻の島とカカオの話を聞いて、船の調達と外交の根回しに動いたと聞きます。この時点で、自分にはカカオが目的だったとしか思えないのです」

「ふむふむ」

お菓子のこととなるとタガが外れる存在。

騒動の根源が動いた理由など、お菓子以外にはあり得ない。

カカオという豆がチョコレートの原料であるのはプローホルも知る。

ならば、より良いカカオを手に入れる為であれば、ペイスならば率先して動く。これは確信をもって断言できた。

「その上で、レーテシュ家から船を借りるでなく、ボンビーノ家から借りたという点が、どうしても気になっていたんです」

プローホルは、そもそもが疑問だった。

何故、レーテシュ家に船を借りないのかと。或いは水兵を借りないのかと。

レーテシュ家の船は一級品で、水兵もまた一流揃い。

ニルダたちが悪いとは言わないが、傭兵であったニルダたち元水龍の牙の面々よりは、正規の訓練を受け続けてきたレーテシュ領の水兵のほうが質は高いはず。

「単に、借りやすかったからかもしれませんよ?」

くすくす笑いながら、思ってもみないであろうことを言う船長の少年。

「レーテシュ家が、恩を売れる機会を見過ごしたとは思えません。ぜひ自分たちをと売り込んだはず。それにもかかわらず、ニルダ女史らを連れてきたのは、そのほうが都合がいいからでしょう」

「都合がいい、ですか」

「はい。この場合、何をもって都合がいいのか。最優先が幻のカカオだとするなら、それに都合がいい。つまり、探す手段がレーテシュ家ではなくボンビーノ家所縁のものだということ」

「良いですね」

うんうんと、頷くペイス。

プローホルの優秀さを再確認するだけでも、有意義な時間である。

「人海戦術なら、レーテシュ家のほうが良かったはずなので、ボンビーノ家のほうが都合がいいとなると〝魔法〟でしょう。言い訳として、ボンビーノ家の人間が使える魔法。ずばり【鳥使役】でしょう。確か、ボンビーノ家には鳥使いが居たはずですから」

「素晴らしい。正解です」

ペイスは、教え子の推測が見事であると褒める。

正解に限りなく近い答えを、彼は自らの頭で考えついたのだ。

「それでは、早速ニルダさんを呼んでください。答え合わせをやりましょう」

「分かりました」

プローホルが船長の部屋を出ていき、操船を取り仕切っていた女性を呼んでくる。

呼ばれたニルダは、何故呼ばれたのか怪訝そうにしていた。

「モルテールンの坊ちゃん、なんか用かい？」

「ええ。今後の行動について相談しようと」

「そりゃあいい。正直、当てもなく船を動かすのに困ってたんだ」

ニルダは、ペイスの言う言葉に頷く。

広い海原。迷走していては、すぐにも迷子になりかねない。海での遭難は、そのまま死への特急券である。

これからどうするのか。

ペイスの言葉を聞く為、ニルダは手近な椅子を引き寄せて座った。

「ニルダさん、まずは地図を作りますね」

「簡単に言ってくれるね」

地図というものは、どこの世界でも軍事と密接に結びついている。

機密指定にされているのが当たり前で、街の中で勝手に地図を作ると投獄されるところだってあるのだ。

また、地図作成にはそれなりに技能が要る。

レーザー測定器もないので、遠くの基点からの距離を測るのに、技術が要るからだ。

三角測量などは、土木の人間の口伝で行われる秘伝扱いである。

「まず、ここに、ジュナム族の作った海図があります」

「なんでこんなもんを持ってるんだ？」

最初にペイスが何処からともなく取り出したのが、ジュナム族の持つ海図である。

あの排他的な連中が、ペイスに気前よく一族の持つ情報を教えてくれるはずもないので、入手方法は明らかに怪しい手段しかない。

「ほら、サーディル諸島に来るまでの道すがら森人のシュムラさんが、時折海図を見てたじゃないですか」

「ああ、まあ案内の為にね」

「いきなり海図を盗めば罪でしょうが、ちらりと見えてしまったものを覚えてしまったとして、それは罪になると思いますか？」

「いや、それは……」


地図をちらりと見てしまうぐらいは、誰だってあり得ること。

それすらも嫌だというのなら、人のいないところでこっそり見るしかない。

ニルダとしても、チラ見まで罪だと言い出す奴は居ないだろうと考える。

「チラ見したものを〝思い出した〟だけです。何か問題がありますか？」

「いやいい。坊ちゃんのやることに、いちいち文句は言わないって決めてるんだ」

「そうですか。それは良かった。さて、取り出した海図ですが……これだけでは、結構曖昧なんですよ」

「そりゃそうだろう」

そもそも、球体である天体の表面を、地図という二次元に落とそうとした時点で無理があるもの。距離か、方位か、縮尺か、何かを犠牲にしなければ、海図というものはできない。

「そこで、正確な海図を作り、比較してみようと思うんです」

「あん？　正確な海図だぁ？」

「ええ。ジュナム族の把握している海と、正確な海図。比較すれば、見えてくるものがあるはずです」

「そりゃそうかもしれないよ？　でも、どうやって正確な海図なんて作るんだい？　何年もかかるだろう」

「そこは、僕にとっておきの策があるので」

「策、ねえ。まあ、あたいらの負担が増えないってんなら、別に反対はしないさ」

ペイスの自信ありげな態度に、ニルダは不審そうである。

少年の言うことは、一見すれば筋が通っている。存在があやふやな島というものがあるなら、海図には書かれていないのは明らか。実際の正確な海図と比べてみれば、どこがどう不明瞭かが見えてくるはず。

不明瞭な部分さえ分かってしまえば、そこに幻の島の手がかりぐらいはありそうだ。

問題があるとすればただ一つ。

どうやって正確な海図を作るかだ。

そう簡単に海図ができてたまるかと、ニルダは投げやりに返答する。

ペイスの非常識は、ここからだ。

「では【転写】」

「はぁ⁉」

ニルダは、自分の目を疑う。

机に広げられた無地の羊皮紙に、精巧に寸法だけ縮小したような〝海の絵〟ができたからだ。

それも、島々の様子や位置関係、果ては島の詳細な海岸線まで完璧な〝絵〟。

「どうです？　この航空写真の出来《でき》は」

「……自分の目が信じらんねえ」

ペイスは、自分の魔法が絵を描く【転写】であると公表している。

航空写真も、写真を知らない人間から見れば、精巧な絵画に見えなくもない。

しかし、どうやって自分が見た訳でもない遠くの場所の地形まで絵で描けるのか。

まるで〝鳥が空から見た〟かのような出来栄えである。

「まずは、こんなもんで……とりあえず、ここら辺の島々から寄ってみましょうか」

「なるほど、勝算ありと豪語する訳だよ。こりゃまいったね」

海図を二つ、比べてみる。

ジュナム族のものは、既存の島の地形や位置関係などは割と正確に描かれていたのだが、自分たちの主要な者が住まうジュラ島から離れるほどに不正確になっているようだった。

更に、北や西へ行く航路はかなり正確なのだが、南や東は小さな島などが描かれていない部分もあった。

恐らく、航路の使用頻度の違いなのだろう。聖国辺りに行くとすれば、西に行くし、遠出して神王国方面に行こうとすれば北に航路を取る。

一端、ジョゼフィーネ号は進路を南東に取る。

南か東が怪しいと、見当をつけたからだ。

ある程度進めば、より詳細で範囲を絞った〝海図〟を撮り、怪しい所があれば船を寄せる。何もなければ他に向かう。

それを、しばらくの間繰り返しだ。


時間にして二日ほど。

割と手ごたえのようなものは感じているのだが、不思議な現象に悩まされていた。

例えば昨日まで島が映っていたはずの所に船を向ければ、そこには島の影すらない。そんなことが起こり始めたのだ。

「やっぱり、幻の島なんて見つかるわけがないよ。諦めたほうがいいんじゃないかい？」

「手ごたえを感じられているうちから諦めてはいけませんよ」

「それじゃあ、今度の島ってので、一旦仕切り直しとしないかい？」

「そうですね。ニルダさんたちも疲れていることでしょうから、一日ぐらい休みにしますか」

もう何度目の空振りだっただろう。

島らしきものを見つけたということで、船を移動させていた時だった。

その日、嵐がやってきた。

嵐

「大きいのが来るぞ!!　右からだ!!」

「おおう!!」

強風吹きすさぶ中、船の高さを軽々と超えそうな大きなうねりが、ジョゼフィーネ号を襲う。

船の中はさながら絶叫アトラクションである。

遊園地のジェットコースターと違いがあるとするなら、絶叫マシンは安全が確保されているが、ペイスたちの船は安全の保障など微塵《みじん》もないことだろう。

ぐらりと船体が右に傾いたかと思うと、すぐ後に大きく船が持ち上げられながら左に傾く。

横波を受けた上での激しい上下動。前後はともかく、上下左右にミックスジューサー並みの勢いで揺れまくる。

慣れた船員でも船酔いしそうな恐ろしい動きであるが、ペイスはじっと船長室で立っていた。

勿論手近なものに捕まっているが、それでも立っていられるだけたいしたものだ。

伊達に虐待紛《まが》いの特訓を受けてきた訳ではない。

体幹の強さはそこらの人間の比ではないのだ。

「ぎぼぢわるい……」

対して、船に慣れていないプローホルは、既にグロッキー。

胃の中のものを全て外に出しきってしまった上で、気持ち悪さに苦しんで倒れている。

吐く物などとうになくなっているはずなのに、嘔吐感の気持ち悪さが続く地獄。

船酔いの最上級。至高の嗚咽《おえつ》。究極の吐き気がプローホルを拷問していた。

「全員摑まれ!! 飛ぶよ!!」

ニルダの叫びの中、船が大きく上に持ち上げられたところで、浮遊感が生まれる。

巨大な波を斜行で乗り越えたことで生まれる僅かな飛翔だ。ニルダの目測でも船体の倍はある高さからの落下。

地に足のつかない無重力のような感覚。

一瞬生まれた宇宙空間は、すぐに強烈な叩きつけられる衝撃で掻き消された。

ガツン、と水の上に船が叩きつけられた衝撃だ。

とんでもない衝撃で、床に転がっていた生ごみもどきが、天井付近まで飛び上がるほどである。

「姐さん!!」

衝撃があったあと、船の下部から男が上がってきた。

外に出るのは命取りである為、船内のはしごを使った移動だ。大きく揺れる船内ではしごを使えるだけでも、大した練度である。

上がってきた男は、かなり焦っていた。ニルダを呼ぶ声にも、必死な様子が伺える。

「何だい!!　今取り込み中だよ!!」

非常事態に際し、他人に任せる訳にはいかないと舵を握っていたニルダ。

間違いを起こすことができないだけに、真剣な表情で集中していた。

取り込み中というのは、文字どおりの意味だ。

「船底に罅《ひび》入った!!」

「畜生が!!　そこら辺の役立たずのケツでも詰めときな!!」

凶報である。

先ほどの衝撃があったせいか、船の底に亀裂が起きたという。

この荒れた海の中で船が沈みでもしたらどうなるか。まず間違いなく全員揃って魚か鮫《さめ》の餌になる。

とはいえ、ニルダは今のところ手が離せない。

船底の罅は放置もできないが、かといって今は離れる訳にもいかないと、ニルダは難しい選択を迫られる。

助け舟を出したのは、誰でもない。非常識の塊である船長ペイスだ。

「僕が行きましょう」

「へい、案内します」

船の底は、既に浸水が起きていた。

亀裂と思しき場所からは、勢いよく水が噴き出している。

ペイスが見る限り、水道に繋いだホースの口先を潰して、水の勢いを強くするような状態だろう。細い亀裂に水圧が掛かっていることで、かなり強い勢いで水が船内に侵入している。

「亀裂はあそこだけですか？」

「うっす!!　そうっす!!」

一生懸命に手で浸水を防ごうとしていたり、服を当てて水を止めようとしていたり。大勢の水夫が右往左往している中。

一人冷静な船長が、水の漏れている場所に目を向け、そしてすっと指をさす。

「こういう場面なら、僕の出番です。船長命令!!　全員離れなさい!!　転写」

ペイスは、転写と口にしつつ【凍結】の魔法を使う。

外国のお姫様の留学でトラブルがあった際に、何故かペイスが使えるようになった魔法である。単にお姫様が体調不良であり、何も起きていなかったはずの日に、どういう訳かペイスが学校に居て、いつの間にか手にしていたという不思議。真実は、限られたものしか知らない。

物を凍らせる魔法というのは、戦場においては一騎当千の活躍ができる。そして今は、船体の応急手当に使えるのだ。

魔力がぶわりと辺りに広がり、一瞬で亀裂ごと氷で固まった。

パキパキパキと、見ているほうが気持ちいいほどに白いもので船底が覆われていく。

「うぉぉおおお!!　水が止まった!!」

「流石は龍殺し!!」

「半端ねえ!!　こんなんありかよ!!」

誰が叫び出したのか。氷で浸水が止まった瞬間。船内が別の意味で揺れた。

何とか浸水を止めようと布やら何やらを突っ込もうと奮闘していた船員たちが、瞬きする間に止まった浸水と、それを為した氷の芸術に歓喜の声を上げたのだ。

これで沈没の危機は去った。

足元のふくらはぎ当たりまで溜まった海水の中、大騒ぎの水兵たち。

「僕が浸水を止めている間に、補修を行いましょう。一旦、補修用の空間を作るので待っていてください」

ペイスがさっと魔法を使うと、氷の範囲が広がる。

外側にも氷のドームができたのだ。

内側からどれだけ板を打ちつけても、外からの圧力を防ぐのは難しいのだが、外から板張りしなおせば、外からの圧力には強くなるのが道理。

「よっしゃ、今のうちに直せ直せ!!」

「板もありったけもってこい!!　足りねえなら、ワイン樽を潰しちまえ!!」

「中身が入ってたらどうすんだ?」

「捨てちまえ」

「勿体ねえよ、飲んじまおうぜ!!」

「バカ野郎。酔っぱらって嵐が越えられるか。ニルダに殺されてえのか!!」

やいのやいの、騒がしくなる。

元々が傭兵団の出身という連中ばかりなので、実にガラが悪い。

罵倒語がそこら中に飛び交い、下品で乱暴なことこの上ない。

上品な貴族を自任し、平和主義者を自称するペイスとしては、自分の仕事は既に終わったとばかりに船長室に戻る。

「おう若大将、魔法で上手く浸水を止めたって?」

「ええ。割と簡単でした」

ニルダの問いに、何でもないように答えるペイス。

尚、粗大ごみはまだ横になって唸っている。

「言ってくれるねえ。船が沈むことを覚悟してたってのに」

船の舵を握ったまま、ニルダはペイスに謝意を示す。

船に乗る以上一蓮托生ではあるのだが、ペイスが居なければ最悪の場合船が沈んでいた。

よく船を救ってくれたと、ニルダは感謝すること頻りである。

「修理もできそうでしたから、このまま行きましょう」

魔法の効果もあって、船は十分航海に耐えうる程度に修復できそうであった。

船が無事だというのなら、航海はそのまま続ける。

ペイスの決断には、ニルダも頷く。頼もしき魔法使いが居るなら、何の問題もなかろうと。

「あいよ。さっきみてえな馬鹿でかい波がもう来ねえよう、祈っておいてくれ」

「ニルダさんが祈ったほうが良いのでは？　神様も美女のほうが嬉しいでしょう」

「生憎と、神様とは喧嘩中でね。煩い坊主を海に投げ込んだ時から、そりが合わないのさ」

昔、傲慢な聖職者を船から海に放り出したという、豪快なエピソードを語りながらも、操船の冴えを鈍らせないニルダ。

嵐の中、操船の達人と応急処置の達人が、タッグを組んだまま進むのだった。

◇◇◇◇◇

朝。

「くあぁぁ、晴れたなあ」

水兵の一人が、徹夜のまま甲板に出た。

朝日の中で輝く空には、昨夜の嵐の面影はない。どこまでも透き通るような素晴らしい青空である。

雨過天晴《うかてんせい》な一日の始まり。

男は、自分の仕事の為に見張り場所に行く。

船の高い場所に設けられた、監視のための場所だ。

一望千頃《いちぼうせんけい》の見晴らしのよさ。

水平線の彼方まで見渡せそうな状態だ。

「お～い、朝飯だぜ」

「お、ご苦労。早起きだな」

「昨日の嵐は俺何もすることがなくて、さっさと寝てたから」

水兵に朝食を届けに来たのは、雑用の下働きとしてこき使われているクーだ。

子供故の寝つきの良さだろうか。嵐でシェイカーになっていた船内でも、ハンモックを使ってぐっすり寝ていた。

風雨のなかで一歩間違えればあの世行きという状況で眠りこけるのだから、クーの神経も中々に図太い。

「いい景色じゃん。俺、こんな景色見たの初めてだ」

「おうそうか。折角だからしっかり見とけよ。こんな見晴らしのいい日は滅多にねえからな」

海の上というのは、遠くまで見ようとすると歪んで見えることが意外と多い。

寒暖差であったり、蒸発する水蒸気であったりが影響して、遠くであるほど光が屈折するのだ。時にそれは蜃気楼《しんきろう》などと呼ばれる現象になったりもするのだが、今日は嵐の後のせいか、綺麗《きれい》に遠くまで見渡せる。

こんなに遠くまで視線が通るのは、それこそ年に一度あるかどうかといった感じだ。天候というなら、とても恵まれた状態。

「しっかし、あの海蛇が、嵐を読み間違えるたあねえ」

「読み間違い？　嵐がくることって、分かるものなの？」

「絶対って訳じゃねえが、海と空をずっと見てりゃ、何となく分かるようになるのさ。姐さんは船の上で育った生粋の船乗りだからな。今まで嵐になる前には船を適当なとこに停めてやり過ごしてたんだが……やっぱり、遠くまで来て、海が違うと読みが外れるってのがあるのかね？」

海蛇ニルダの海洋航海術には、水兵諸氏の信頼も篤い。

普段であれば百発百中で当てていた天候を、何故か選りにも選って今回の嵐では〝不自然なほどの大外し〟をした。

船がひっくり返りそうな嵐など、普通は前兆も分かりやすく起きるはずなのだ。

にも拘らず、まるで〝突然嵐が湧いて出た〟ような状況に陥った。

準備をする間もなく嵐に突入したのだ。

最新鋭の大型外洋船、卓越した乗組員の操船技能、ペイスの魔法。それらのどれかが欠けていれば、恐らく今頃は海の底である。

「俺は分かんないけど、ペイス兄ちゃんまで読めなかったってのも面白いよね」

「あん？　魔法使いの坊ちゃんか？　ありゃ海に関しちゃ素人だろう」

「でもさ、空からの絵が描けるなら、風を読むぐらいはやりそうじゃない？」

「あの坊ちゃんなら、何をやっても驚かねえな、確かに」

食事をしながらの無駄話。

穏やかな風に暖かい日差し。順風満帆世はこともなし。

「おっちゃん、おっちゃん」

「バカ、お兄さんと言え」

「どうでもいいって。それよりも、あっち、何か見えねえ？」

「あん？　……俺にはなんも見えねえぞ」

子供が指さすほうをじっと見る男であったが、流石に何十キロと離れたところまで見える程視力は良くない。

「見えるって。あ!!」

目が良いのか。或いは〝何かしらの手段〟を使ったのか。

クーは、自分が見たものに確信を持った。

慌てて船内に戻り、船長室に飛び込む。

「兄ちゃ……ペイス様、俺、見つけたかもしれねえ。変なの見つけた!!」

「何ですって!?」

朝食中だったペイスは、クーの言葉に急いで甲板に出た。

見張り場所に上ると、クーはあれ、あれと指さす。

ペイスは、クーの言った方向に目を向ける。

じっと目を凝らしつつ【遠見《とおみ》】の魔法を使ってみた。

すると、その姿がはっきりと見えてくる。

間違いなく、探し求めていたものだろう。

「なるほど、これは……クー、ニルダさんを呼んできてください」

ペイスは、見つけた〝島〟に驚きを隠せない。

急いで駆けつけたニルダは、徹夜仕事で眠そうにしている。

「ニルダさん、この方向に進んでください。速度次第では、方角が変わるかもしれないので注意を」

「方角が変わる？　何言ってんだい？」

「お願いします。僕が見張り台から指示します。言われたとおりの方向に進んでください」

「……なんだか知らないが、それぐらいなら良いさ」

船の動きは、ニルダの部下が担当することになった。

ニルダは仮眠をとることになり、それだけでも危険なことへの備えになろう。

やがて、クーの見つけた〝島〟が目視できる距離までやってくる。

ペイスたちの目の前には、島と見まがうばかりの巨大な海亀の姿があった。

亀

巨大な亀から少し離れた場所。

ゆったりと波間を漂う両生類の化け物を見ながら、モルテールン一行は甲板に集まっていた。

「すげえ……」

「島じゃねえか、ありゃ」

「大きな亀ですね。仕留めて肉にすれば、神王国民全員に配れそうです」

「いやいや、あんなのと戦うとか、無理だって、坊ちゃん」

亀の全長は、一切不明。

途方もなくデカいということだけは分かる。全周を測るなら、メートルではなくキロメートル単位になるのは間違いない。

更に凄いのは、デカい上に動く。

船が帆を下ろして惰性と潮流で動く程度には動いていて、留まることがない。

「あんなデカい亀、何喰ったらあそこまで育つんだろうな」

「……恐らく、魔力ですね」

「何？」

「魔力です。僕は、魔力を食べて育つ生物を、家で飼ってます」

「はぁ？　あんな亀を家で飼うとか、あり得るのか？」

「亀ではありませんよ。まあ、両生類と爬虫類《はちゅうるい》で系統としては近そうですが。進化論的には興味深いテーマでしょうね」

ペイスが飼っているのは、世界最強といわれる伝説の怪物。大龍《ドラゴン》のピー助である。

飼い主に似て悪戯好きの龍は、好物が魔力。基本的に雑食で何でも食べるが、魔力に関しては明確に分かっている食事である。

特にペイスの魔力は大好きで、気を抜くとごっそり魔力を取られているのだ。

この世界に大龍などというファンタジー顔負けの生物が生きていられるのも、魔力という摩訶不思議なエネルギーがあってこそ。

ペットとして大龍を飼うペイスだからこそ、亀の不自然さにも気づいた。

この亀、恐らく魔法を使う。

何の魔法を使ったのか。相当に強力な魔法を使った形跡を、魔法使いであるペイスは感じていた。

魔法を使う不思議な生物。モルテールン領に居る研究者なら狂喜乱舞するであろう。世紀の大発見である。

何故今まで発見されていなかったのか不思議なほどだが、心当たりがあるとすれば昨日の嵐だろうか。

どう考えても不自然すぎる暴風雨。台風も顔負けの大嵐が突然現れた理由と、今までこれほど巨大な生き物が見つからずに生息しおおせた理由を結びつけるのは自然なことだ。

「近づくと、暴れる。ならば、一旦引き返すのは……悪手《あくしゅ》ですね」

森人ですら見つけられない幻の島。

そして接近すると嵐に襲われて近づけない亀。

さて、この二つはまるきり別物なのだろうか。

ペイスには、どうにも同じもののような気がしてならない。

仮に、この亀が幻の島の正体だったとしよう。

ならば、亀の何処かに幻のフルーツも存在することになる。

幻の島を発見というだけでも大ニュースだ。一旦引き返して体制を整えるのも悪くはないが、仮説が正しいとするなら、魔力を使ってしまった今ならばともかく、出直した時にはまた大嵐が起きるかもしれない。

最新鋭の船が壊されかけた大嵐だ。もう一度チャレンジしようとするのは、無謀といっていい。

「でもよ、どうやってあれに乗り移るよ」

船員たちが、一様に顔を顰めている。

「普通に船を横づけできませんか？」

「単なる島なら、できなくはないよ。あたいらなら、たとえ荒波の中でも島の一つや二つ横づけしてみせる。ただ……」

「ただ？」

「動く島なんてもんは、流石にあたいでも初めての経験さ」

「それもそうですね」

現状居る海域をよく知る人間でも、幻と呼んでいた亀だ。いや、島だ。

見つけたことのある人間ならばまだしも、島に船をつけ、更に上陸しようと考える人間は頭がおかしい。

動く島などというびっくりどっきりの状況に対して、経験豊富な人間など居る訳がない。

誰もが、初めての経験。初めての亀体験である。

「それなら、俺が飛び移ってみる!!」

唯一、目の前の異常な状況に対応した人間は、悲しいかな、この場の最年少であった。クインス

＝ドロパ。呼び名はクー。

彼は、モルテールンはザースデンで育った人間。しかも、親はモルテールン家の重臣である。

ペイスのような人間とも生まれてからずっと付き合いがあり、また兄は領内でも指折りの悪戯っ子だった。

必然、クーもモルテールンに染まって育つ。

非常識を常識とし、空前絶後の状況がしょっちゅう起きる。百年に一度あるかどうかの珍事件が、毎年起きるような場所が、モルテールンなのだ。

異常事態に対する耐性が、非常に高い。

「危険ですよ？」

「分かってる。でもさ」

「ん？」

「俺は船に黙って乗り込んだこと、反省してる。罰を受けることも納得してる。だから、役に立ってチャラってことにしてほしい!!」

「ははは、そうですか、そう来ますか。流石はコアントローの息子ですね」

ペイスは、クーの言い分に笑った。

モルテールン家は初代から軍人の、生粋の軍家の家系。

当然、お家の価値観は軍人の価値観に重きを置く。

軍人の価値観とは何か。

今の状況でいえば、功罪相殺の価値観である。

軍人の活躍する場は、災害でもなければ戦いの場と相場は決まっている。

戦い、つまるところ戦争だ。

戦争において、物事が全て四角四面に決められたルールどおりに動くということは稀である。

敵も味方も、何でもありの状況で戦うのが戦争なのだから。

つまり、現場での臨機応変な対応が肯定的に捉えられる。軍人とはそういうものだ。

例えば、命令では待機であったものが、目の前に予定外の敵が現れるとする。待機の命令に背いて、敵を倒したとしよう。

この場合、敵を倒した功績と、命令に背いた罪で、どちらもチャラ。相殺するという対応は珍しいものではない。

結果に責任を持てるなら、独断専行も戦場の華。

ならば、クーが犯した罪を、手柄で相殺するというのもモルテールン家としては正しい対応になる。

「良いでしょう。その覚悟に免じて、仕事を任せましょう」

「よっしゃ、俺やるよ。頑張る!!」

そうと決まれば動きは早い。

乗り込むためのあれやこれや。準備が急いで整えられる。

用意されたのは、敵船に乗り込むときに使うロープと、樽だ。もっとも、樽は古い金具付の物で、樽であったものと表現するほうが正しい。

「どりゃあ!!」

男たちが、剛力でもってぶん投げた輪っか。

樽を一つ壊し、留め具に使っていた金具を流用したもので、そこにロープを結んだものを投げたのだ。

五度、或いは六度か。

数度の挑戦を経て、輪が亀の背中の一部に辛うじて引っかかる。

「よし、任せて!!」

身軽さがぴか一の悪ガキが、物理的な身の軽さも活かしてロープを渡る。

足をロープに引っかけたまま、下にぶら下がるような恰好。

そのままロープを腕の力で移動し、するすると渡っていく。登り傾斜になっているはずのロープでも、苦もなく昇っていく。

実に見事な軽業である。

「ペイス様ぁ、着いたよ!!」

数分もすれば、クーは亀の甲羅に取りつく。

巨大な亀の甲羅だ。一旦乗ってしまえば、足場に不自由はしないほどごつごつしている。

「クー、お手柄です。そのまま、しっかりとロープを固定してください」

「分かった!!」

ペイスの指示を受け、クーはロープについていた金具やら何やらで、しっかりとロープを固定する。子供なりの手際ではあったが、大人たちがロープを引っ張ってみた感じでは十分に固定されたらしい。

ロープが固定されてしまえば、あとはニルダたちでも手慣れた作業。

海の上で船同士を結び、船を進めながら相互に移動するというような場面も、珍しくはないのだ。

移動先が巨大な亀であることを除けば、よくあること。

海賊顔負けの身の軽さで、モルテールン一行は亀の背中に次々と上陸していった。

見張りと最低限の操船要員を残し、ペイス達は前人未到の地に足を踏み入れる。

「亀の背中に乗って海を泳ぐなんて、初めてですよ」

「誰もがそうなんじゃないですかね？」

亀の甲羅は、船が並走したあたりの確度は急だ。崖といってもいい。

半球状の甲羅の横面。九十度とはいわないが、限りなくそれに近しい角度をしている。

「慎重に上に上がりましょうか。まずは平らな足場を確保したい」

人間は、斜めの地面に立っているだけでも体力を消耗する。

まっすぐ立つように人間の体はできているのだ。

体力の消耗を抑える為にも、ペイスたちはゆっくりと警戒しながら上に登っていく。

ここでも身軽なクーが活躍し、上に先行してロープを垂らすなどの活躍を見せる。

なかなかの頑張りっぷりである。

亀の甲羅の上部に行くにつれ、ペイスたちの足取りは軽くなる。

というより、ペイスの活力が増し、それに皆が釣られるという感じだろうか。

「おお、これはパイナップル!!　あっちにはバナナ!!　凄い、あれはパッションフルーツじゃないですか!!」

「フルーツの宝庫ですね」

亀の甲羅には、幾つもの南国植物が生えていた。季節感もバラバラ。

亀自体が動くから当たり前なのかもしれないが、同じ植物なのに生育期間がずれているものまであった。

二つある片方は夏の状態なのに、もう片方は冬の状態といった具合だ。

シダ植物や、マングローブ的な樹木も生えていて、さながらジャングルである。

「なんてファンタジーな」

「事実は小説より奇なりというでしょう」

亀の甲羅に上ってみれば、そこはジャングル。

そんなもの、小説で書いても現実感がなさすぎると笑われる話だと、ペイスは笑う。

しかし、実際に目の前の状況がそうなのだから、受け入れるしかない。

非現実的な現実は、即ち現実なのだ。

やがて、ペイスは頂上に着く。亀の甲羅の最も高い場所だ。

上部から亀を見下ろしてみれば、いろいろと気づくことがある。

「亀の甲羅に、付着物がありますね。長い年月で、サンゴでも育ったのか。岩のようなものも見えます」

亀が遠目から亀だと分かったのは、甲羅から顔を出していたからだ。

もしも顔を引っ込めていたら、遠目から見ても島にしか見えない。サンゴ礁が付着していて、どう見ても岩場の海岸にしか見えない。

「そして、付着物に引っかかって大型動物の死骸があって……そこからガスが出て溜まっているようです」

「くっせえ」

「亀の甲羅自身にガス溜まりが出てきていて、それが天然の浮きのようになっているのでしょう。潜れなくなって、いつの間にか甲羅に木が生えた」

亀の甲羅のあちらこちらに、生き物の死骸が打ち上げられ、或いは引っかかっていた。

クジラのような生き物であったり、海鳥のような生き物であったり。

腐敗ガスの匂いがするので、亀の甲羅の中はさぞガスで充満していることだろう。

「この森は、どうやってできたんでしょうね？」

「鳥の糞でも落としたのでしょうね。その中に種があって木が生える。気の遠くなるような長い年月をかけて、亀の甲羅が島になった」

海鳥は、亀の甲羅でも気にせずやってくるだろう。

糞を落とすこともあるだろうし、そのまま甲羅の上で最後を迎えるものも居たはずだ。

長い年月溜まりにたまったものが、木々を育てる礎となり、木々は枯れて土になる。

そうして出来上がったのが、亀の甲羅の上のジャングル。どれほどの時間をかけたものなのだろうか。

「亀が動く訳ですから、より正確な航海のできる人間ほど、見つけられない。なるほど、幻と呼ばれるわけだ」

ペイスたちは、亀島（仮称）の探索を満喫した。

幻のフルーツ

「これが、幻の……」

ペイスたちは、ジュラの街に戻ってきた。

ジョゼフィーネ号の船内は〝冷凍保存されたフルーツ〟で満載であるのだが、そのどれもが極めて珍しいものばかり。

モルテールン領では絶対に手に入らない果物の数々に、ペイスは狂喜乱舞したほどである。

とりわけ、ペイスが驚いたのが、亀島のほぼ中心部にあった木になる実。

カカオと思われる実がなっていたのだが、どうもその場は亀の魔力的な何かが働いていた場所らしい。

なっていた実が、僅かに発光していたのだ。

普通であれば気味悪がってもおかしくない場面なのだが、突き抜けたお菓子馬鹿にとっては気にもならなかったらしい。

「確かに、これは幻のフルーツだ。話に聞いていたとおりであるし、何よりこの神々しさは間違いようがない」

手にしてきたフルーツをジュナム族の人間に見せたところ、伝説のフルーツであると判明したのだ。

族長の他に、大勢の人間が手に取るや間違いないと言い出す。

ペイスたちは詳しい口伝の内容を知らされていなかったが、彼らジュナム族の中では口伝《くちづた》えでこのフルーツのことについて教えてきたことのようだ。

「おい、ちょっと見せてみろ」

男が、幻と呼ばれたフルーツを手に取る。族長の傍にいた老人で、ペイスたちが幻のフルーツを捜索することに対して、明確に侮蔑していた人間だ。

神王国人を嫌う彼からすれば、目の前の事実は受け入れがたい。自分たちでも口伝でしか伝えられていない、幻のフルーツ。伝説の果物を、よりにもよってよそ者が採ってきたというのだ。

自分たちが出来なかったことを、こんな子供や女が纏める集団にできるはずがない。

絶対にそんなはずはないと、自分の目で確認するため手に取った。

その瞬間、理解した。

分かってしまったのだ。このフルーツが、普通のものではないと。

明らかに、存在感が違う。

手に持った時、見た目以上に、重たいと感じた。

単純な質量が重たいのではない。絶対に落としてはならない、貴重なものであるという実感がそうさせたのだ。

実際の見た目以上に、ずしりと感じる。

どうあっても、本能が、直感が、過去培ってきた経験が、手の中のフルーツの価値を認めてしまう。

「くっ……本物だ」

「ええ、そうでしょうとも」

ペイスにしてみれば、今までものすごい数のフルーツを目にし、また口にしてきた経験上、見つけたカカオが異常であることは確信をもって断言できた。

他の連中ならばいざ知らず、ペイスは過去の知識という比較対象がある。

今回手にしたものしか知らないならば、幻のフルーツなのか、それとも単なるそういう品種なのかを判断はできない。

明確に、幻のフルーツを手にできたのは、ペイスが断言したからだというのもある。

「しかし、どうやって手に入れたのだ」

「それは勿論。幻の島に行って、手に入れてきたに決まっています」

「そんな馬鹿な!!」

ジュナム族は、二度目の驚きで言葉を失う。

一度目は勿論幻のフルーツの実物を目にした時だが、二度目はペイスの言葉に対して。

自分たちでも探すことが難しかった島を、何故簡単に見つけられたのか。嵐の中にあるといわれる島を、どうやって見つけたのか。

そう、ジュナム族は口伝で伝えてきたのだ。幻の島を探すものは、嵐によって行く手を遮られる。無理に進めば船は沈められる。絶対に近づいてはならないと。

最初にペイスたちの船をニヤニヤしながら見送ったのも、それが理由。どうせ沈んでしまうのだから、さっさと諦めてしまえという侮蔑を込めた笑いだった。

にも拘らず、神王国人は帰ってきた。幻のフルーツを携えて。

自分たちでも危険と感じる嵐を、乗り越えられるような船員をどうやって集めたのか。

本当に、幻の島にたどり着いたのか。

疑問は幾らでも湧いてくる。

しかし、目の前に本物が存在する以上、幻のフルーツを手にしたのは間違いない。つまり、幻の島に行ってきたというのも、嘘とは思えなかった。

あり得ない。

ジュナム族の誰もがそう思った。しかし、事実として成しえたことを否定もできない。

わいわいがやがやと、騒がしさは収まることがない。

ジュナム族にとっては、自分たちの親や祖父母から聞かされていたおとぎ話の産物の現物を目撃しているのだ。

野次馬根性というだけでなく、物珍しさとありがたさが勝っているのだ。

あまりにも信じられないことの為、祈り出す者も出る始末だ。

「シュパル族長」

「何だろう」

「我々の成果を、認めていただけますか？」

「それは勿論だ」

「賭けは我々の勝ちで良いですね？」

「……仕方あるまい」

族長は、ペイスと賭けをしていた。

幻のフルーツを見つけることができたなら、そして無事に持ち帰ることができたなら、恒久的な交易をしても良いと。

船一杯の金貨をペイスが賭け、族長は今後の交易権を賭けた。

結果は、承知のとおり。ペイスの完全な勝利。

ジュナム族は、今後モルテールン家に対して優先的な交易を許可することになる。

定期的な南国フルーツの仕入れルートができたことに、ペイス自身はホクホクだ。

ざわつきも収まらない中。

ひと通り皆の目に幻のフルーツが触れたあたりで、ペイスは件の果物を手元に回収する。

「では、確認もできたのなら良いですね。このフルーツは我々が持ち帰ります」

「何⁉」

ペイスの言葉に、ざわついていた野次馬を含め、ハチの巣をつついたような喧騒が起きる。

それも仕方ない。ジュナム族にとって、伝説のフルーツを他の一族、ましてや他国の人間に持っていかれるなどというのは想定外。青天の霹靂《へきれき》。

「この実は、ジュナム族のものだ‼」

「そうだ。この実は、此方《こちら》で預かろう」

族長は、自分たちでフルーツの実を預かると言い、脇の男はペイスたちに詰め寄る。

だが、幻のフルーツをペイスから奪おうとしたところで、ペイスに腕を決められた。

ペイスは護身術も捕縛術も、人並みに使えるのだ。

「くそ、何をする‼」

「何をするもないでしょう。僕たちのものを勝手に取ろうとする強盗に対して、実力で止めたのです。良かったですね、ここが神王国でなくて。我が国で、貴族相手に強盗しようとすれば、その場で斬り捨てられても文句の言えないところです」

「バカな、誰が強盗だ」

「貴方ですよ。人のものを盗っちゃいけませんって、親に教わりませんでしたか？　それとも、ジュナム族では他人の物を力ずくで奪っていいという決まりでもあるんですか？」

ペイスは老人の動きを関節技で止めつつ、族長に質問を投げる。

「いや、そのような決まりはない」

「だったら、何故止めないのです」

件の老人が動くとき、周りの連中は止めようともしなかった。

むしろ、それが当然であるかのように見ていたのだ。

「……我々にとって、その果物は特別なのだ」

「といいますと？」

「遥か昔、我らの島が全て繋がっていた昔。我らの祖となる者が島に降り立った」

「昔話ですか」

「伝説だ。そして、我らは事実と信じている。島に住まうものにとっては、歴史である」

「ほう」

族長は、一つの昔話を滔々《とうとう》と語り出す。

ペイスも聞いたことがない、文字にも残っていない、文字どおりの口伝文学である。

「島に降りたったものは、島の中で特別な果物と、特別な魚と、特別な鳥を手に入れて、島で暮らすことになった」

「建国神話のようなものですか」

「そうだ。人はその時から森と海と空から実りを得るようになり、繋栄するようになったというのが、我らに伝わる祖先の話だ」

「ふむ」

それぞれの民族にとって、自分たちの祖先が如何なるものか、どうやって生きてきたのかを語るのは、重要な文化である。

建国神話や民族の神話として、代々受け継いできた話なのだろう。

どこの民族であっても、自分たちの民族が素晴らしいものであるという教えを残す。アイデンティティにも繋がるものだから、基本的にはこういった物語は美談になりがち。

大事なことは、ジュナム族はこの話を真実の歴史であると信じている点だ。

「大鳳《おおとり》は見た者に幸運を呼び、大魚は触れた者の病を食べると言われている。そして大木の実は……」

「大木の実は？」

「食べたものが若返る、といわれている」

「それはまた、眉唾《まゆつば》ですね」

笑い飛ばさなかっただけ、ペイスは冷静だった。

若返りであるとか、不老不死であるとか、そういう話は現代的価値観からすれば嘘くささに満ち満ちている。

時間とは不可逆なものであり、人間は必ず死ぬというのが常識な考え方だ。

「この話が真実である理由は、先の三つのうち、二つが実在するからだ」

「……特別な魚と鳥ですね」

「ああ。特別な魚は『金の鱗を持つ大魚』、特別な鳥は『輝く羽を持った大鳳《おおとり》』、そして特別な果物とは『光放つ大木の実』といわれている。前者二つは、間違いなく存在する。大魚は居る場所が分かっているし、大鳳も極稀に空を飛んでいる」

「へえ」

ここにきて、新たな情報である。

幸運をもたらす鳥が飛び、病を食べる魚が住んでいるというのなら、ぜひとも捕まえて持って帰りたいところだ。

できるかどうか、或いはジュナム族にとって大事なものであろうそれを持って帰るなど。戦争の理由となっても何の不自然もない。

「ですが、この実は僕らが採ってきました。貴方方の力を借りるでもなく、独力で。ならば、貴方に渡す謂《いわ》れもないですよ」

「それはそうだが、しかし、その実の存在を教えたのは我々だ。我々とて、その実がジュラの街から出ていくことには不満も大きい。祖のものであった以上、我々のものだと……」

「ならば、自分たちで取りに行けばよかったのです。他人に取られたからと、自分たちの勝手な作り話で所有権主張など、片腹痛い」

ジュナム族は、自分たちの祖先の話は事実だと思って信じている。

しかし、モルテールン家ではそのような伝説は迷信だと考える。

どこまでも議論は平行線だが、結局ペイスが幻のフルーツを手にした。

「くっ、神王国人ごときに」

老人が、悔しそうな声をあげる。

どうしても、外国人に宝物を持っていかれることが気に喰わないらしい。

「貴方たちにとって、このカカオの実が大事なのは分かりました。しかし、貴方方では宝の持ち腐れでしょう」

「何だと⁉」

周りの大人たちが、盛大に言葉を荒げる。

自分たちが古くから食べてきたのが、ペイスがカカオと呼ぶ実。

果肉をはじめ、食べられそうなものが多い。

自分たちこそこの実について最高の料理ができると言い出した。

「僕が、この幻のフルーツを使って、最高のスイーツを作ってみせますよ」

ペイスが、三度、ジュナム族の一同を絶句させた。

お宝探しは南国の味

ペイスが幻のフルーツを手にして一週間。

発酵を終えたカカオ豆が、ペイスの手によって加工される日がやってきた。

幻とも伝説ともいわれるフルーツの実。

「まずは、この発酵させたカカオの豆を使います」

「ふん。実を使わぬとは何も分かっていないな」

「大丈夫。美味しいお菓子を作ってみせますから」

鼻歌を歌いながら、カカオ豆の焙煎を行う。

ローストして香ばしさを出し、更には油分をしっかりと出させることが焙煎の真意。

カカオ豆独特の香りが、焙煎している豆から漂い始める。

「更に、この焙煎した豆をチョコレートにしていきます」

焙煎されたカカオ豆は、皮をむかれてすり潰される。

ねっとりとペースト状になるまで練り、しっかりとチョコの元を作っていく。

カカオマスと呼ばれる柔らかな塊ができれば、カカオバターを抽出して準備は出来上がり。

「これに砂糖などを混ぜて、味を調えます」

チョコレートには、カカオ九十九パーセントなどというふざけたものもあるだろうが、基本的にカカオマスに砂糖やカカオバター、乳製品を加えてチョコレートとするもの。

「更に細かく練り、滑らかにしていきます。味と舌触りに繋がる、重要な作業ですね」

乳鉢のようなものを持ち出し、ごりごり練り練りと、必死にチョコの元を混ぜる。

ここでできるだけチョコを細かく粉砕しておけば、舌触りも全然違ってくるのだ。

中にはあえてそういう荒っぽい舌触りを好む者も居るのだが、やはり基本に沿って滑らかさを追求する。

十分な感じにチョコレートの塊ができれば、精錬作業《コンチング》。

よりチョコレートをチョコレートらしくする作業だけに、丁寧に行う。

「さて……ここで」

ペイスは、できたばかりのチョコを金属製の型に流していく。

型は魔法でこっそり冷やしているので、うまい具合にまん丸のチョコレートができていく。

「秘蔵のお酒をちょいと詰めて」

「何⁉　酒だと‼」

ペイスは、よく知っている。

森人たちは、お酒をとても嗜むと。量もそうだが、味にも拘って酒を楽しんでいる節がある。

そこで、折角だからと中に蒸留酒を詰めていく。少しずつ様子を見ながら酒を流し込み、あとは酒入りチョコレートの穴を塞げば、これで完成。

「むむむ……」

「ウイスキーボンボンといいます」

悔しそうな老人たちに対し、ペイスはどや顔で見せまくる。

誰に宣伝しているのか。

「ウイスキーボンボン？」

ウイスキーボンボンとは、チョコレートなどの側《ガワ》に対して蒸留酒を入れて完成するスイーツ。

チョコレートの酒包みといってもいい。

チョコレートの中は酒飲み集団おススメの酒である。

子供にはおススメできないおやつであるが、これはペイスの同僚が必死で作ったものも含まれる。

「さあ、食べてみてください」

「……ちっ」

老人たちが、それぞれにウイスキーボンボンを食べ、そして蕩《とろ》ける。

チョコがではない。大して仕事をしてない年寄り連中の口の中のチョコがである。

一口入れた時にはチョコレートの甘さで強烈なパンチを食らわせ、そうかと思えばやってくる蒸留酒の味と香り。ガツンと来る感じが、酒飲みには実に素敵。

誰もが、本気で美味しいものだと思った。口にこそ出さないものの、嘘をつくでもなく、皆が皆じっと大人しい。

美味い。そう一言が言いたくて、何度となくウイスキーボンボンを口にしていた。

「我々には、あなた方の持つものを、より高度に加工する技術があります」

ペイスは、族長をはじめとする森人たちに語りかける。

「モルテールンならば、貴方たちの持つものにより多くの付加価値をつけて広めることができる。それは、あなた方にとってもプラスになることだと考えますが」

その日、ペイスは神王国人として初めて、ジュナム族を筆頭とする森人たちとの通商条約を結ぶことに成功した。

◇◇◇◇◇

「ただいま戻りました」

「ペイスさん、お帰りなさい」

「リコ、留守のあいだ家を任せてしまいましたね」

「いえ。これでもモルテールン家の嫁。ペイスさんの妻ですから」

ザースデンに戻ってきたペイスを迎えたのは、愛妻であるリコリス。

日頃からしょっちゅう家を空けるペイスではあるが、流石に聞いたこともないような外国に行くというのは不安もあった。

無事に戻ってきた夫、安堵するリコリス。

「お土産もありますよ。三つほどあるので、順番に出しますね」

「ありがとうございます」

ペイスは、早速とばかりにリコリスへのお土産を広げる。

フルーツの類は、キンキンガチガチの冷凍状態で食糧庫いきだ。

既に運び込まれていて、美味しいお菓子にされるのを今か今かと待ちわびている。

「まずはこれ」

「これは、貝、でしょうか」

「ええ。綺麗でしょ。リコに喜んでもらえるかと思って、傷のないものを一生懸命探したんです」

ペイスが最初に見せたのは、二枚貝。

貝の内側に真珠層ができていて、鈍いながらも真珠色に光っている。

「そして、これ」

「これは、お茶ですか？」

「ええ。レーテシュ産の最高級茶葉。非売品のものを、レーテシュ伯からもぎ取ってきました」

次にペイスがリコリスに渡したお土産は、レーテシュ土産。

お茶どころとして名高いレーテシュ領のお茶の、更に最高級品を交渉の末に手に入れたのだ。

王家やそれに準じる人間にしか渡さないという、レーテシュ家の人間すら飲むことが稀な貴重品であったのだが、ジュナム族は外国の王族に準じるという建前の元で彼らに贈られ、更にそれをペイスが口八丁で購ったのだ。

普通は売られることもない貴重品。お土産というなら、金塊のインゴットを数キロ贈るほうが安上がりなレベルである。

「そして最後は、これ」

「これ……何ですか？」

「チョコレートです」

「これが？　そういえばチョコレートの香りがしますね」

ペイスが見せたのは、ペイスによって加工されたチョコレートである。

つまり、チョコレート細工が為されているということ。

夫が飴細工を嗜むことはリコリスも承知していた為、なるほどと頷く。

チョコレートでも同じようなことができるというなら、夫がやらないはずがないと納得したのだ。

「あと、お土産ではないのですが……」

「これも、チョコですか？」

「ええ。チョコレートボンボンです」

「普通のチョコレートではないのでしょうか？」

「ええ、ちょっと特別なチョコです。食べてみますか？」

「はい」

リコリスは、チョコレートボンボンをぱくりと口に入れる。

するとしばらくして、溶けたチョコの中から舌を刺激する液体が出てきた。

「んん!!」

「ふふ、びっくりするでしょ」

初めてチョコレートボンボンを食べたことで、リコリスは思わず驚く。

口の中で混ざり合うチョコとお酒が、とても美味しいのだ。

「美味しいです!!」

「そうでしょう、そうでしょう。いっぱい作ってあるので、良ければどうぞ」

「嬉しいです」

ペイスとリコリスの二人。

確かな絆《きずな》がチョコレートに包まれているのだった。

第三十六.五章

美容は最優先事項

ペイストリーが海へと出て以降。

忙しくなった者が居る。


一人は、従士長のシイツ。

残された政務を取り仕切り、留守を預かる番頭として業務に忙殺されていた。

そしてもう一人が、ペイスの母であるアニエス子爵夫人である。

モルテールン家の誇る問題児が、海外に行く。

これはまた何か大きなことをやらかすのではないかと考える人間は多い。

それでなくとも大龍関連で注目されている昨今。ペイスの動向は注視されている。

だがしかし、瞬間移動の魔法を〝借りて〟使い、四方八方に転移してしまうペイスを常に見張るのは難しい。同じ魔法使いであろうとも、一瞬で何処かに移動してしまう相手を見張るというのは不可能といっていい。

直接的に監視するのは無理。であれば、間接的に状況を知るしかない。

彼の異端児の動きをチェックしたい人間からすれば、誰かモルテールン家の人間から事情を聞きたいことだろう。

領地に居る人間は、論外。【瞬間移動】のない一般の貴族では、南部の僻地《へきち》であるモルテールン領に出向くのは難しい。

ならば、モルテールン子爵家当主に直接尋ねるのが良いのか。これも、カセロールが大隊長として忙しくしている現状、なかなか時間を取ってもらえない。

屋敷で働く人間は、これもまた難しい。ペイスの動向を尋ねたところで、大した情報を元々与えられていないからだ。

使用人も、部下も、子爵閣下も駄目。

となると、子爵夫人に聞いてみようじゃないか、となるのは自然の流れである。誘いが増えるわけである。

アニエスとていつも忙しい訳だが、最近は常にもましてお誘いが多い。

お茶会にダンスに観劇に庭鑑賞、子供が生まれたとあれば祝いの会、身内で婚約が決まったとあれば祝いの会、孫が歩いたことを祝う会などにも呼ばれる。

ここまでくれば、最早名目は何でもありだ。


「奥様、ホーウェン商会から使いの者が参りました」

モルテールン子爵夫人を奥様と呼ぶのは、老婆《ろうば》である。

モルテールン領に長らく住んでいた村の人間ではあるのだが、王都の屋敷で働く人間が必要ということで連れてきた人材。

モルテールン家は敵が多く、下手に新しい人間を雇うとどこの首輪がついているか知れたものではない為、こうして生え抜きの人材を使っているのだ。

元々若い人手は労働力として貴重なモルテールン領。屋敷で働く人間を雇うとなると、どうしても年嵩《としかさ》の人間になってしまう。

彼女は、モルテールン家の人間とも全員顔見知りの古株。アニエスとしても、或いは夫カセロールとしても、安心して仕事を任せられる人物だ。

「あらあら、もう来ちゃった？　すぐに行くから中にお通ししてくれるかしら。誰か手の空いている人は居る？」

「いつもどおり、二人ほど」

ホーウェン商会は、布製品を扱うことに関しては神王国随一といっていい商会だ。

モルテールン家とはそれなりに長い付き合いがあり、例えばリコリスがモルテールン家にやってきて、最初に服を用立てた際はここに発注した。

弱小貴族であった時代からの付き合いという、ある意味御用商人のようなところなので、敵が増え、身の回りの安全に気を遣わねばならなくなった現在でも割と信用している商会でもある。

かといって、無条件に信用する訳にもいかない。

アニエス一人で会う訳にもいかないので、護衛の誰かを傍に控えさせておかねば、アニエスはともかくカセロールが接見を許さないのだ。

応接室にアニエスが足を運べば、そこには何度か見かけたホーウェン商会の番頭《ばんとう》の姿があった。

「番頭さん、お待たせしてしまったかしら」

「ご機嫌麗しゅう奥様。お会いできましたことに心からの喜びと感謝を申し上げます」

ホーウェン商会の番頭は、アニエスが部屋に入るまで、ソファーにも座らず直立不動で待っていたらしい。

子爵夫人が部屋に入るなり膝を折り、手を胸の前に置いて深々と頭を下げる。

実に丁寧な、アニエスの感覚からすれば丁寧すぎるほどの挨拶。

こういうところでも、モルテールン家が出世したことを実感するものだ。貧乏騎士爵家であった時は、大商会の番頭を呼びつけるなどということがそもそも難しかった。

しかし今は子爵家であり、かつ夫が国軍の大隊長という地位に居る。国にとって重要な人物ということで、国王陛下の覚えもめでたい。

商会に用があれば呼びつけ、その際も決して失礼がないようにと相手方が気を使ってくれる。

「私も、あなたに会えて嬉しいわ。そういえば、お孫さんはお元気かしら。女の子はいろいろと大変でしょう？」

「はい奥様。モルテールン家の皆様に御贔屓《ごひいき》にしていただいておりますお陰様で、わたくしの孫娘も健勝《けんしょう》であります」

「もう、そんな堅苦しい言葉遣いは止めてちょうだいな。もっと気楽な態度にしてほしいわ」

僅かに、頬を膨らませるアニエス。

元よりモルテールン家の嫁である。上下の垣根が極めて低い家であり、アニエスも家風に十分染まった人間。あまり堅苦しい対応は好きではない。

何より、自分が何か変わった訳でもないのに、勝手に爵位だけ上がったのだ。今までの対応から急に変わったような行動は、戸惑うことのほうが多い。

ホーウェン商会番頭も、アニエスの許しが欲しかったのだろう。

態度を崩してよいと言われたことで、目に見えて緩い雰囲気になった。

「それでは仰せのとおりに。改めて、奥様お久しぶりでございますな。孫娘のことを覚えていただけたとは嬉しいです」

「確か、もうそろそろ成人されるのではなくて？」

「そうですな。あと二年か三年か。それぐらいで成人します。いやいや、女の子というのは成長が早いものです」

「分かるわぁ、うちは五人も女の子が居たから」

「その節は、当商会をご利用賜り誠にありがとうございました。その後は何かご不便なことはありませんでしたか？」

「特にはなかったと思うけど……あの娘たちも昔の服は着なくなってしまったわね」

「それは残念。我々としても渾身《こんしん》の出来でしたのに」

はははと笑う番頭。

長女のビビを筆頭に、末娘のジョゼまで。ホーウェン商会には色々と服を見繕ってもらっている。

特にモルテールン家が中央の社交会に出るようになってからは、急ぎで全員分をこしらえさせたり、季節ごとに服を誂《あつら》えさせたりといろいろと面倒ごとも持ち込んでいた。

今はもう着ることのなくなった娘たちの服。

アニエスは、その全てを保管している。

大事な、娘たちとの思い出の品だからだ。

「それで、今日はどういった御用件でお呼びいただいたのでしょう。このまま孫娘自慢をしていても私は構わないのですが、それでは奥様もお困りになるでしょう」

軽く冗談めかして、男がアニエスに尋ねる。

「そうだったわぁ。実は、ちょっと特別なドレスをお願いしたくて」

「特別なドレス？　と、いいますと」

「他の人の意匠と、絶対に被らないようにしてほしいの。特に、主催者とは絶対に」

「……はは あ、なるほど」

番頭は、アニエスの言葉に頷く。

そもそも社交の場において、特に女性は華やかに着飾ることが求められる。

何故なら、着飾って場を華やかにすることが、招待してくれた人へのお礼にもなるからだ。

社交の場に呼ばれたということは、招待者がその人を場に呼ぶのに相応《ふさわ》しいと判断したということ。招待された人間でなく、招待した側の責任が大きいということだ。

仮にここで、地味な服装で行けばどうなるか。

そこが葬式でもない限り、場の雰囲気を盛り下げること著しい。

手の込んだ料理がいっぱい並んでいる中、何の手も加えてない泥つきのごぼうが置いてあったら、何の嫌がらせかと思うだろう。ごぼうが悪い訳ではないが、華やかな場で泥つきのごぼうを生で齧《かじ》らせる気かと、怒る者が居るかもしれない。せめて泥を落として洗って切って、ドレッシングを掛けるぐらいは手間を掛けてほしいと思うのが普通だ。

華やかな淑女が居並ぶ中、何のお洒落もしていない人間が交じっていれば、悪目立ちすること請け合いである。

料理の場のごぼうが料理人の怠慢《たいまん》と取られるが如く、社交の場の怠慢は招待した人間の手抜かりと受け取られかねない。

だから、招待されたからには、自分にできる限りのお洒落をして参加することが、招待してくれた人への心配りになるのだ。

美しく着飾った美女がたくさん居るとなれば、社交の場を開いたものも鼻高々になる。

しかし、ただ豪勢に着飾れば良いというものでもない。

特に、主催者と同じ装いは時と場合による。

皆が同じような服装をしようと示し合わせている場なら、何も問題はない。野菜料理専門店と看板を挙げた料理店のようなものだ。野菜料理ばかり並んだところで、むしろそれが当たり前。

同じような意匠の服を皆が着込んでいることのほうが自然で、下手にオリジナリティを出すほうが空気を読まない行為だ。

ドレスコードを厳密に規定した、ガチガチの宮廷行事などがそれに当たる。細かい部分も暗黙の了解で決められていて、外れることは好ましくないといわれる。皆が皆、同じような服装になるのも当たり前。主催者と衣装が被っていても、当然のこととみなされる。

だが、特にドレスコードのない社交では、バラエティの豊かさが求められる。

ダンスパーティーなどは特にそうで、どれだけ自分の魅力を活かせるかに貴族の淑女たちは心血《しんけつ》を注ぐ。

細身の人には細身の人にあったデザイン。豊満な女性には豊満な体形に相応しいデザインというものがある。

異性にアピールする場でもあるダンスパーティーなどでは、競争相手と戦う為にも自分の武器を存分に活かした装いをせねばならず、必然的に人の数だけデザインが生まれる。

色とりどりのデザインがある場で、主催者とデザインが丸被りした場合。

これは、主催者に恥を掻かせることになる。

バラエティ豊かであることが良いこととされる場で、主催者が没個性であるとみられるからだ。

人と同じものを用意して、個性的とはいえない。

ホーウェン商会も、ドレスに関しては専門家の集まり。

主催者と衣装を被らせないでほしいとの要望は、とてもよく理解できるものだった。

「ご要望は確かに承ります。それで、その為にも、主催者が何方《どなた》か、お教え願えませんか？」

主催者と衣装を被らせるなというのなら、その主催者が誰であるかを教えてほしい。

服飾の人間としては当たり前の要望だろう。

アニエスは軽く頷くと、主催者の名前を告げる。

「カドレチェク公爵夫人より、招待がありました」

王家に次ぐ、重要人物からの招待であった。

王都カドレチェク公爵本邸。

普通の領地貴族は自分の領地に本邸を構え、王都には別邸を構える。本邸と別邸の違いをあげるとするなら、庭の有る無しだろうか。

別邸は、基本的に一時滞在の為のもの。その為、大きな庭園を持つことはあまりない。特に王都の中は土地も限られている。こぢんまりとした趣味のような庭はともかく、大きな庭を作るというのは、相当に贅沢なものである。

また、社交の為に王都に貴族が集まるシーズンというのは冬だ。農閑期の時期に遠方の貴族も王都に集まり、社交を行う。

必然、王都に別邸を構えるなら、庭は無駄になる。何せ、冬に庭を楽しむという者も居ないからだ。好き好んで寒い時期に外に居たがるのは、相当の変人である。

逆に、貴族家当主が常日頃滞在する本邸となれば、一年のうちどの時期に滞在していてもおかしくない。通年を通して家に居るのが当たり前なのだから、庭に手間暇と金を惜しまない者も居る。

カドレチェク公爵は、そんな趣味人のうちの一人。

先代当主も当代当主も、王都の邸宅には庭を整備し、四季折々の草花で窓の外を飾り、敷地の中を自然豊かな美しい空間にしてきた。

このカドレチェク家自慢の庭園。

公爵としては手間暇と金をかけている以上、できれば誰かに自慢したくなる。

王都でも自分の家の庭で催しを行える人間は少ない訳で、カドレチェク家が王都内でも高い実力を持っていると示すことにもなろう。

斯様な理由から、定期的に庭園でパーティーを開いている。

ガーデンパーティー。園遊会ともいわれる、社交の催しだ。

王都に居る主要な貴族やその家族を招待し、美味しい料理を振る舞い、酒を楽しみながら会話に華を咲かせる。

優雅で上品な、これぞ貴族社交というべきハイソサエティな社交会だ。

この園遊会の何よりの特徴は、招待客を女性限定にしていること。

男性を完全にシャットアウトして行われる、女性による女性の為の女性だけの社交なのだ。

男連中の居ない場所で、お酒を飲みながらお喋りをするのだ。

ここで飛び交う会話の内容は、家の裏事情まで網羅《もうら》した値千金《あたいせんきん》の裏話である。

それだけに、参加させる人間は厳選に厳選を重ねなければならない。

「今度の園遊会、顔ぶれが随分と変わったな」

「ええ。ちょっと思うところがありましたの」

次の園遊会について夫婦で話し合っていたところで、夫であるカドレチェク公爵プラエトリオは参加者の名簿に目を通して言った。

夫の言葉に、カドレチェク公爵夫人は、嫋《たお》やかに笑みを浮かべる。

「ほほう」

「ここ最近は、大きな動きも多かったでしょう。折角の機会ですから、新しい方ともぜひ仲良くなりたいと思っていますの」

「それは構わんが、変わった顔ぶれというのがな」

「何か、気になりまして？」

「気になる……うむ、気になるというのが適当かは分からんが、確認しておいたほうがいい気がしている」

名簿というのは、園遊会の度に一から新しく作り直したりはしない。

そんなことを社交の度にいちいちやっていては、作業コストだけでも膨大なものになる。

こういったものは、余程大きな動きがない限り、前回の参加者を踏襲する。

現代日本的にいえば年賀状の名簿のようなもの。大体、呼ぶ人間というのは毎回さほど変わらないので、変更点だけの修正を繰り返して次の園遊会の参加者名簿とするのだ。

しかし今回の園遊会名簿。大胆に名前が入れ替わっている。

前回呼んだはずの人間が居なかったり、或いは呼んでいなかったものが増えていたり。

パッと見た感じで理由も大凡《おおよそ》察しのつくものではあるのだが、確認したいという公爵。

勿論、公爵夫人としても、夫の言葉には反対しない。

お互いに参加者について意識をすり合わせておくのは大事なことだと頷く。

「コウェンバール伯爵夫人は、今回の参加は見送りか？」

「ええ」

最初に公爵が気になったのは、自分が爵位を継いでから皆勤賞であったはずの人物。

コウェンバール伯爵家は外務貴族として有力な貴族だが、その夫人ともなると社交界での発言力や影響力は大きい。

「あそこは少々よからぬ噂が流れましたから」

「ああ、アレか」

流れていた噂とは、コウェンバール伯爵が寄宿士官学校の私物化を図ったという噂だ。

元々今の校長は外務系であり、コウェンバール伯爵家とも大変に親しいのだが、その関係性を利用して、就職先の決まっていた学生に対して圧力をかけたというのだ。

そもそも寄宿士官学校の校長などは、学生の卒業後に大きな影響力を行使できるのが魅力である。将来性のある学生に恩師としてコネを作るのも良し、優秀な学生を自分の知り合いに紹介しても良し。本来であれば、美味しい職といえる。

しかし近年は寄宿士官学校の上位卒業生がごっそり一部の領地貴族に囲われることが続いていて、当代の校長は美味しい思いができていないという噂である。より正確には、校長自身は今までどおりコネも斡旋料《あっせん》もがっぽり稼いでいるが、校長の周りの人間が、思っていたほどの利益供与に預かれていないという状況。

校長からすれば、見返りを貰える相手が同派閥だろうと同僚だろうと変わらない。むしろ、同派閥だからとディスカウント価格にするより、〝より魅力ある対価〟を提示した側を選ぶのは当然の心理だ。

折角同じ派閥の人間を良いポストに就けたのなら、当然見返りがあるべきである。などと、コウェンバール伯爵達は考えたようなのだ。

結果、強権的な対応を南部派閥に咎められ、政治的には大きな失点となったというのが、まことしやかにささやかれる〝噂〟である。

「しばらく大人しくしているほうが、先方にとっても都合が良いかと思いまして」

「そうだな、そのとおりだ。コウェンバール伯爵夫人も災難なことだ」

「お家の事情ですから」

貴族家に居る人間である以上、家の事情からは離れられない。

伯爵家が不祥事を起こしたのなら、伯爵夫人だけが華やかな社交界で楽しく遊ぶという訳にもいかないだろう。

これは仕方がないなと、カドレチェク公爵は頷いた。

「他に目ぼしい所では……まず、ボンビーノ子爵夫人とモルテールン子爵夫人の参加か」

「ええ。御両名は親子。お呼びするなら二人一緒のほうが良いかと思いまして」

「そうだな。モルテールン子爵夫人にそれとなく伝えておけば、カセロール殿が魔法でボンビーノ子爵夫人を運ぶだろうしな」

更に公爵が気になった点が、モルテールン子爵夫人とボンビーノ子爵夫人の両名である。

この二人は、血の繋がった親子だ。

南部の領地貴族の中でも、レーテシュ伯に次いで実力のある二家。それも親子となれば、レーテシュ伯に対抗する派閥内派閥として意味がある。

軍務閥筆頭として、外務閥実力者のレーテシュ伯と利害が衝突することも多いカドレチェク公爵としては、両家と仲良くしておきたいところだ。

それにモルテールン子爵家は、カドレチェク公爵家嫡子スクヮーレの嫁、ペトラ＝ミル＝カドレチェクの双子の妹が嫁いだ家でもある。

息子の嫁の妹の旦那が、モルテールン子爵家の次期当主の嫁。少々遠くはあっても、親戚には違いない。

また、血の繋がりを脇においても、モルテールン家やボンビーノ家の近年の隆盛は著しい。

むしろ、今まで呼んでいなかったことのほうが不思議なほどだ。

夫人だけを呼ぶ園遊会より、旦那やその息子を呼べる社交のほうを優先していたからこそそのことなのだが、今回は夫人のほうに積極的な働きかけをしていこうという考え。

プラエトリオの考えに対し、公爵夫人も賛同する。

「他にも、幾人か新しい顔ぶれがあるな」

「ええ」

名簿を見れば、まだ他にも目新しい参加者が居る。

園遊会自体が久しぶりということもあるが、こうしてみると神王国の政治の世界も、随分と大きく動いたものである。

「グメツーナ伯爵夫人に、オーリヨン伯爵夫人、ダバン男爵夫人……なるほど、面白い」

農務尚書であるグメツーナ伯爵も、近年新たに台頭してきた人物である。

農政と軍事は縁が深いため、これまたプラエトリオとしても無視できない相手。

これまでは夫のほうに注力して社交を行ってきていたが、夫人とも縁を持っておくのも悪くない。

オーリヨン家は、宮廷内では中立的立ち位置を守る、希少な良識派だ。

影響力という意味では然程強力な力を持っている訳ではないが、味方につけると心強い家でもある。

更に最近では景気が相当に上向いているという情報もあった。

オーリヨン家は当代当主の次男が、レーテシュ家に婿入りしている。その影響から南部地域の好景気の恩恵を受けている。

レーテシュ伯としても、婿の実家には多少の配慮もするだろうし、オーリヨン家としても強欲ではないので要求も受け入れられやすいというのも大きい。

結果として最近では金回りが良くなっているのだから、招待しておいて悪い相手でもない。園遊会という場に招待するなら、大人しい家風もプラス要素だろう。

そしてダバン男爵家は、領地がワインの産地として知られている。以前は大戦後の粛清の余波と、冷害の影響もあって経営が傾いていた。

最近になって経営が上向き、安定してきているという噂だ。

何でも、ボンビーノ家がワインの一括購入の長期契約を結んだという話である。

主要産業が安定すれば、余裕が生まれる。余裕は好循環を生み、好循環が更なる余裕を産む。

近々陞爵《しょうしゃく》もあるのではないかと噂されていて、園遊会に呼ぶとなれば先方も喜ぶに違いない。

「それと、皆さんを驚かせる方がお一方」

「ほう、だれだ」

名簿には載っていないが、もう一人呼びたい人間が居ると、公爵夫人はうっすらと笑う。

一体誰を招待しようというのか。プラエトリオとしても気になる。

しかし、夫人は茶目っ気たっぷりに指を口に当てた。

「内緒です」

「おいおい、私にまで内緒なのか？」

「ええ。まだはっきりとしませんし、今から言ってしまうと先方にご迷惑がかかりますもの」

妻の口の堅さを知っているプラエトリオとしては、無理に聞き出すこともできないと諦める。

だが、先方に迷惑がかかるという言い方に引っかかるものがあった。

「……なるほど」

妻の微妙な配慮と言葉遣いを受け取った公爵は、それでサプライズゲストの招待を察した。

より正確には、サプライズゲストが二人に絞られたというのが正しい。

どちらが来たとしても、確かに驚くこと間違いなし。

「では、当日を楽しみにするとしようか」

公爵は、当日驚くであろう皆のことを考え、悪い顔をしていた。

◇◇◇◇◇

「ようこそお越しくださいました」

「カドレチェク夫人、本日はご招待いただきありがとうございます」

晴天に恵まれたお昼時。

モルテールン子爵夫人アニエスは、カドレチェク公爵夫人と挨拶を交わす。

「ボンビーノ夫人もよくおいでくださりました」

「ご招待いただき光栄です。公爵夫人」

アニエスの傍には、ボンビーノ子爵夫人のジョゼフィーネも居る。

彼女は、父親たるモルテールン子爵に頼んで、王都までの送迎をしてもらったのだ。

今日は美味しいものをいっぱい食べ、更にモルテールン家王都別邸で一泊してから帰るつもりである。

二人とも並んでいれば、やはり親子だ。血縁関係が誰の目にも分かるほどに似ている。

「今日はゆっくりとしていってくださいまし」

「ありがとうございます」

公爵夫人は招待側として来客全てに対応しなければならず、忙しい。

挨拶を済ませて、早々に二人で移動することになったモルテールン親子は、最初に食事の用意されている辺りに足を運ぶ。

何よりもまず美味しいものをいっぱい食べて帰らねば、折角来た甲斐がないというもの。

色気より食い気の、食いしん坊なのだ。特にジョゼが。

「母様、席を確保しておくわね」

「お願いね」

ゆっくりと食事をしようと思えば、椅子とテーブルが要る。

園遊会ということで庭先を解放して行われる食事会。丁度庭が見渡せる辺りに席が用意してあった。

テラスのような屋敷の中からしか行けない場所も有ると言えばあるのだが、テラス席はどうやらアニエス程度の立場では行けないらしい。

庭に咲き誇る美しい花々を見ながらの食事。とても雰囲気が良いと、アニエスも楽しさを感じていた。

「母様、食事を持って来たわ」

「ありがとう」

普通、食事を持ってこさせるのには使用人を使うのだが、そこはモルテールン家の薫陶篤きボンビーノ子爵夫人。

自分で率先して動き、自ら確保して二人分の食事を持ってきた。

「ん、美味しい‼」

椅子に座るが早いか、食事を口に入れたジョゼが、思わず感嘆する。

流石は国内三指に入る大貴族といおうか。

見た目の美しさもさることながら、味に関しては間違いなく美味しい。

ジョゼが口にしたのは魚料理であったが、香辛料も利かせてある一級品。

そも、ジョゼはこの世界の中では相当なグルメである。

まず、ペイスが弟に居る。

食の豊かな世界を知るペイスが、自分の記憶と味覚を使って作る料理は世界一といってもいい。

一流の料理人が作る料理よりも美味しいとさえ思える味わい。

その料理をモルテールン家に居るときに何度か口にしていた。

至高の味を舌が覚えているのだ。

更に、嫁いだ先がボンビーノ家。

ここは、国内でもトップクラスの水揚げを誇る港町が領都だ。必然、新鮮な魚に困ることはない。

他の領地では滅多に口にすることの無い海の高級魚を、ペイスが教えた調理技法を使って料理するボンビーノ家の海鮮料理は、それはそれは美味しい。

むしろ、料理が美味しかったから嫁いだともいえる程。

舌の肥えまくったジョゼをして、驚いたほどの絶品海鮮料理だ。これは最高の食事といっていい。

「あら、本当に美味しいわね」

アニエスも、娘の様子を微笑ましく思いながらも食事を摂る。

ジョゼの様子から想像はしていたが、やはり美味しい。

魚に火を通した後に、ソースをまぶしたのだろう。

単純に見えるが、とても奥の深い料理である。

新鮮な魚を手に入れる伝手、魚を新鮮なまま運ぶ手段、優れた素材をシンプルに活かしきる調理の手腕。

全てが高レベルでなければ、実現できない味である。

文句なしに絶品。舌が蕩けそうになるほどの美味だ。

「これは、他の料理も期待できるんじゃない？」

「あら、ジョゼは相変わらずね。こういう場ではあまりがっつくものじゃありませんよ」

「いいじゃない。あたしは母様のおまけなんだから」

自分はアニエスが呼ばれたついでで呼ばれたのだ、と考えていたジョゼの言葉。

ふと、遮るものが居る。

「おまけではありませんよ」

「あら、これはオーリヨン伯爵夫人。ごきげんよう」

オーリヨン伯爵夫人。

オーリヨン家に嫁いで子宝にも恵まれた、嫋やかな女性である。

上位から声をかけられたことで立って挨拶をしたアニエスの目から見て、背は割と標準より高めであるように思えた。背の高いアニエスが立った状態と、目線が左程下がらない。

高身長なのにか弱そうな印象を受けるのは、体つきが細身であるからだろうか。

思わずぽきりと折れてしまわないかと不安になる細さではあるが、これで子供を産んでいるというのだから驚きだ。

「それで、おまけではないとはどういうことでしょうか」

アニエスは、母親としてジョゼの傍に立ち、オーリヨン夫人に尋ねる。

「モルテールン夫人のことがなくても、きっとボンビーノ夫人をお呼びすることになっておりましたわ。私、今日はぜひともボンビーノ夫人とご挨拶したくて……」

ジョゼは、ボンビーノ子爵領の領主に嫁いだ。

瞬間移動の魔法を使える父親が居る弊害でもあるが、基本的に領地に籠もりきりになりがちな生活をしている。

普通の女性ならば王都のほうが便利が良いと感じ、王都にも足を運ぶものだ。買い物であっても最先端の流行や最高品質の商品は王都にしかない。

社交に出るのにも、お洒落をするのにも、王都に一切関わらずに自前で揃えられるのは、神王国でもレーテシュ伯爵領ぐらいのものだろう。

しかし、ジョゼの場合は事情が違う。本当に必要なら父親や弟を頼れるため、領地に居ても買い物や流行のチェックに不自由しないのだ。

必然的に、王都の社交に出る機会も、他の貴族女性と比べれば少ない。というより、根が面倒臭がり屋のジョゼが、できるだけ社交に出なくて済むように立ち回っている。

王都に住み、割と頻繁に社交を行うアニエスと比べれば、ジョゼと仲良くなれる機会というのは相当に少ない。

オーリヨン伯爵夫人としても、モルテールン子爵夫人とは何度か面識があるが、ボンビーノ子爵夫人とは今日が初めての邂逅《かいこう》に近い。

もしかすれば同じ会場に居たことぐらいなら幾らか機会はあったのかもしれないが、こうして直接会話できる機会というのは初めてである。

社交の場では上の身分の人間が声をかけるのがマナーであることから、折角ならと声をかけた訳だ。

「ジョゼフィーネです、オーリヨン伯爵夫人」

ジョゼも、流石に伯爵夫人から挨拶されて、無視する訳にもいかない。

食事の手を置いて、体に染みついた儀礼で挨拶を返す。

礼節に則った見事な挨拶であるが、ジョゼはやればできる子なのだ。普段やらないだけで。

「お会いできて嬉しいですわ、ボンビーノ子爵夫人。実は、貴女のことは私たちから公爵夫人にお願いしましたの」

「私たちとおっしゃいますと?」

「レーテシュ伯と親しくしている皆さんです」

ジョゼは、オーリヨン伯爵夫人の言葉で自分がなぜ呼ばれたかを大凡察した。

この賢さがジョゼらしさではあるのだが、母親のほうはいまいちピンと来てないようで、どういうことか説明してほしいと願う。

「近年、ボンビーノ領、そしてモルテールン領はとても景気が良いと伺っております」

「はい」

「私どもも、それをとても素敵なことだと常日頃から噂しております。できれば、両家の方にお話を聞いてみたいと思っていたのです。公爵夫人ご自慢の庭園も見頃ということでしたし、折角の機会に招待されては如何かと、以前からお伝えしておりました」

「それはご丁寧にありがとうございます。素晴らしい庭園を拝見できたこと、光栄に思っております」

「そうですわね。素晴らしいお庭です。公爵夫人も鼻が高いでしょう」

庭を褒めているのは、場が園遊会だからだ。

まさか、来て早々にバクバクと食べていた料理が旨いなどとは言えない。

他の参加者は会話をメインに参加しているのだ。美味しいものが食べられるということで参加したジョゼとは、参加動機がそもそも違っている。

当然、参加者の雰囲気をジョゼも分かっているので、庭園の素晴らしさを褒める。

実際、公爵家が誇らしげに園遊会を催すのも分かるぐらい、綺麗に手入れされている庭だ。それも、かつてのモルテールンのボロ屋敷ぐらいなら二つ三つは楽勝で建てられそうなほど広い。

「もしよろしければ、お二人ともあちらで少しお話ししませんか？」

「お誘いいただけるのであれば喜んで」

「私も、母様と同じく」

オーリヨン伯爵夫人があちらといった方向には、食事というよりはお茶と軽食で会話を楽しむ女性の集団があった。

社交の場で交友関係を広げるのはとても良いことなので、アニエスもジョゼも、伯爵夫人に誘われるままに一団に交じる。

オーリヨン伯爵夫人が誘った集団は、南部貴族をメインにする集団。

ジョゼやアニエスも面識のある女性たちが殆どである。

「ジョゼフィーネ様はお腹も目立つようになってきましたね」

「ええ。最近はお腹の中で動くのが分かるんですの」

「あら、それは良いことですわ。うちの子がお腹にいた時は、それはもう蹴って蹴って……」

「分かります。でも、生まれてからも大変でしょうね。子育てって本当に上手くいかないことが多くて」

「そうそう」

「うちの子も本当に大変で」

共通の話題があれば、話は弾む。既婚者の集まりで、ジョゼのお腹に赤ちゃんが居るとなれば、話題のとっかかりとしては子供の話になりがち。

だいたい、子育てというのは愚痴製造機である。一人が愚痴をこぼせば、自分も自分もと実体験を語り合う。

ワイワイと、なかなか楽しい会話をしていた時だった。

「皆さん、会話が弾んでおられるようね」

「公爵夫人。素敵なお庭ですから、楽しく拝見させていただいておりました」

オーリヨン伯爵夫人派閥とでも言うべき、仲良し集団に対し、園遊会主催者のカドレチェク公爵夫人が声をかけてきた。

どうやら、ひと通りの挨拶回りが終わって最後に挨拶にやってきたようだ。

「ひと通りお客様をご案内したのだけど、最後に皆さんにもご紹介したい方が居られます。少しお時間を頂いてもよろしいかしら」

「ええ、勿論構いません」

「そうですわ」

ここで嫌ですと言えるわけもない。

快い返事を貰えたことで、公爵夫人は他の面々にも声をかけて注目を集める。

そして、すっと居住まいを正した。

「では、本日の特別なお客様をご紹介いたします」

公爵夫人は、テラス席のほうに体を向ける。淑女に似合わぬ大きな声は、テラス席まで届いたのだろう。

そこに座っていた淑女が、すっと立ち上がって庭を見下ろす場所まで進み出る。

「エルゼカーリー＝ミル＝プラウリッツヒ王妃殿下です」

参加者一同は、一斉に礼をした。

エルゼカーリー＝ミル＝プラウリッツヒ。

プラウリッツヒ神王国第一王妃にして、正室。

高貴な血筋に生まれた育ちの良さもさることながら、戦乱の渦中で即位したカリソン王を助け、国を支えてきた功臣でもある。

第一王子として王太子となるルニキス王子や、娘であるニーナ王女やプティカーリー王女を産んでいて、将来の国母となる女性だ。

その印象を一言でいうならグラマラス。

ボンキュッボンと音が聞こえそうなほどスタイルが良く、子供を何人も産んでいるとは思えないほどの美貌を保っている。

社交においては最強格の存在であり、そこに居るだけでも花があり、また威があった。

若かりしころから美女として名高く、王家に嫁いだことは誰しもが当然と感じたという。

「皆さん、今日はカドレチェク家主催の園遊会でお会いできたことを、心から嬉しく思います」

テラスの上からという、参加者を見下ろす形での挨拶。

むしろ、神王国において最も貴き女性としては当然だろう。この国で一番偉いのは国王であるが、一番偉い女性は間違いなく王妃である。

ひそひそ、ひそひそと、王妃が庭に下りてくるまで、女性たちは声を潜めて会話していた。

大声をあげるのは憚《はばか》られるが、かといって無口を決め込めるほど無関心でもいられない。

なんでカドレチェク公爵の園遊会に、王妃陛下がいるのかと、口々に不審を言い合う。

やがて、テラスから下りてきた王妃の元に、十人ほどざっと集まって王妃陛下に挨拶を始める。

機を見るに敏《びん》と言おうか。

護衛の女性騎士が自然に割って入っている辺り、普段からよくあることなのだろう。

「陛下、今日もお綺麗でございます」

「そうですわ。まさか王妃陛下のご尊顔を拝見できるなんて、今日は運が良い日なのですね」

これがあるから最初はテラスに居たのだろうと思わせるほどの密集具合。

周りを取り囲んだ女性たちは、挨拶も終わればすぐに王妃に対しておべっかを使い始めた。

明らかに本心ではなさそうな誉め言葉のオンパレード。

傍から聞いている分にはあからさま過ぎて滑稽《こっけい》なのだが、やっている当人たちは至極真面目にやっている。

王妃の覚えを良くすれば、それだけでどれほどの恩恵があるか。

ちょっとしたパーティーに呼んでもらえるだけでも、呼ばれた人間は呼ばれない者に比べて一段上と見られる世界だ。

しかし、当の王妃はそんな見え見えの胡麻《ご ま》擂《す》りには慣れているのだろう。

適当におべっかを聞き流したところで、園遊会の端まで移動する。

取り巻きは護衛に阻まれたが、王妃が足を運んだところには南部貴族の者たちが居た。

「モルテールン子爵夫人、少しよろしいかしら」

「はい、王妃陛下」

皆が興味津々で注目していたところ、王妃が声をかけたのはモルテールン子爵夫人に対してだった。

案の定といえばいいのか、予想外といえばいいのか。

そもそもカドレチェク家の園遊会には初参加のアニエスが、滅多に顔を見せない王妃に呼ばれる。

この園遊会そのものが、アニエスの為に用意されていたかのような行動だ。嫌でも注目されるし、王妃のご機嫌を取ろうとしていた連中からは嫌な目で見られる。

なんで招待されて来ているのに、邪魔者を見るような目で見られればならないのかと、アニエスは内心では溜息をつく。勿論、顔には一ミリも出さないが。

「ここではゆっくり話せそうもありませんね」

「左様ですか」

「カドレチェク夫人」

「はい、陛下」

王妃は、まるで自分が屋敷の主かのように、園遊会の主催者を呼ぶ。

公爵夫人としても、何を言われるかを分かっているため驚きはない。

「いつもの場所を借りてもいいかしら」

「勿論でございます」

いつもの場所というのがどういうところか。アニエスには分からない。

しかし、園遊会の最上位の二人は、暗黙の了解ができているらしい。

お互いに相当に仲が良くなければここまでの意思疎通はできない訳で、公爵家と王家の関係性が円満であることをその場にいる人間に強くアピールする効果がある。

いつもの、といって狙ったとおりの注文が通るというのは、常連の仕草だ。

王妃はカドレチェク家の園遊会を、ちょくちょく〝利用〟しているのだろうということだけは、アニエスも察した。

「公衆の面前で呼びつけたりしてごめんなさいね」

「いえ陛下。お呼びいただけるのは光栄なことと思っております」

王妃が声をかけ、そしてジョゼを置いてアニエスだけを連れて行ったのは、テラス席。

一階の屋根部分というのか、或いは二階のバルコニー部分というのか。

一段高い場所に設けられたスペースで、椅子に座りながらの会話である。

本来なら、カドレチェク家の身内か、公爵家以上の格式のものしか座れない場所にアニエスは座っている。

「まずはお茶を楽しみましょう」

軍人であればまた違うのだが、優雅さを美徳とする貴族社会では、いきなりさあ本題を話しましょう、とはならない。

ひと通りゆっくりと時間を過ごし、お互いに仲良くなったと確認し合ったところで本題に入るもの。

「美味しゅうございます」

「良かった。モルテールンは味に厳しいと聞いていましたから、お口に合って嬉しいわ」

アニエスが飲んだ限りは、お茶はレーテシュ産。それも、最上級のものに違いない。

味わいが澄んでいて、飲み口が爽やか。渋みも苦みも一切ない上に、はっきりと美味しさを感じるお茶だ。

このお茶だけでも何杯でもいけそうだが、アニエスの目はお茶の傍に置いてあるものに向けられる。

「お茶菓子も、よろしければどうぞ」

「はい、謹んで頂きます」

お茶請けと用意されていたのは、お菓子。

それも、アニエスがとてもとてもよく知っているお菓子だった。

彼女の愛息子《まなむすこ》が作ったと評判になっている〝チョコレート菓子〟である。

アマンド・カラメリゼ・オ・ショコラ。

アーモンドを炒ってチョコでコーティングした、香ばしい風味を楽しめるお菓子だ。

王家に作り方を売ったとは聞いていたが、こうして出されると改めて息子の実力の高さを思い知らされる。

ことお菓子作りに関しては、王家すらその足元にも及ばないということなのだから。

「これも美味しゅうございますね」

「ふふ、ほかならぬモルテールン夫人にそう言って頂けると、とても嬉しいわ」

お菓子に関しては、恐らくアニエスも人並み以上に口が肥えている。

何せ、世界最高峰のお菓子を常日頃から口にしているのだから。

そのアニエスから美味しいという言葉が聞けただけでも、王妃としては満足のいくことだったのだろう。

とても嬉しそうに笑顔を見せた。

「モルテールン家といえば、ご子息はお元気かしら？」

「はい。日々健やかに過ごしております」

しばらく雑談した後、ようやく本題の匂いがしてきた。

アニエスは、思わずお尻を浮かせて椅子に座りなおす。

「国王陛下からも称号を授かりましたね。優秀な息子さんをお持ちで羨ましいわ」

「ありがとうございます」

「何か子育ての秘訣はあるのかしら。同じ、息子を持つ親として、ぜひ伺いたいわ」

「とりたてて、秘訣というようなものはありません。ありのままに育てていたら、少々個性的に育ってしまったというぐらいでしょうか」

子育ての思い出というのなら、アニエスからすればペイスはとにかく手のかからない子供だったということぐらいだ。

おしめが取れるのも、立って歩き始めるのも、喋り始めるのも早かった。

上の子供五人と比べても、一等育ちが早かったように思う。

生まれた時から頭のいい子だったし、教えてもいないことを自分でどこからか学んでくる。不思議なほど知恵付きの早い子だった。

もしもアニエスがもう一人子供を産めたとしても、ペイスと同じように育てるのはまず無理だ。

再現性皆無の子育てに、秘訣も何もない。

「ありのまま、ですか」

「はい。子供と向き合い、無理に親の思いを押しつけるのでなく、その子の望みをできるだけ尊重してあげようと、夫とも話しておりました」

「なるほど」

王妃はじっと考え込む。

アニエスとしては、王妃の思惑を『ペイスの調査』と受け取った。

何せ、じっとしているだけでもトラブルを呼び込む息子である。できるだけ考え方や思想を調べておいて、いざという時に適切な対応をとれるように準備しておくのは大切なこと。

いよいよもって、ペイスが国家の中枢部への影響力を持ち始めたということなのだろう。

いずれ、表舞台に出てくる。その時に、必要とあればアニエスから聞いた話を参考にして、交渉や折衝を有利に運ぼうとしているのだ。

「そういえば、今日はそのご子息はどうされました？　ご領地には居ないようですが」

王妃の言葉に、アニエスは驚いた。

ペイスの公式な立場は、モルテールン子爵領の領主代行である。

普段は領地に籠もっていて、時折王都で寄宿士官学校や研究所の仕事をこなしているのだ。

そのペイスは、今はレーテシュ領に居る。

船を出して、南の旅路に向かうところ。

アニエスも詳しく聞いていない息子の動向を、王妃がかなり詳細かつ適時に調べている。

これは、明らかな牽制《けんせい》だ。

自分たちは、お前たちを見ているぞ、という意思表明である。

「息子は本日、レーテシュ領に出向いております」

「そうですか。南部の皆さんは仲がよろしいのね。今日も皆さんご一緒されていましたし」

「はい。仲良くしていただいております」

本当は今日が初めてのことなのだが、別に仲違いをしている訳でもない以上、仲良しと言い切ってもさほど問題はない。

「できれば、別の機会に御子息とお話ししてみたいわね」

「息子も喜ぶと思います」

「これからも、モルテールン夫人には、王家に対する心配りを期待して構わないかしら」

「勿論です、王妃陛下。当家は、王家に対して忠誠を誓っております」

「勿論、信じております」

王妃は、アニエスの言葉に首肯した。

今更、モルテールン家の忠誠を疑うようなことはないという、明確な意思表示。

どこに耳や目があるかも分からないガーデンパーティーだ。離間《りかん》を謀られるような隙は見せないということだろう。

「それはそうと……一つ、モルテールン家にお願いがありまして」

「はい、何でしょう」

王妃は、自分たちの望みをこっそり耳打ちした。

モルテールン子爵夫人アニエスが、王妃に連行されていってしまったあと。

残されたのは、オーリヨン伯爵夫人を筆頭とする一団と、ボンビーノ子爵夫人ジョゼフィーネである。

女が三人寄れば姦《かしま》しいといわれるように、女性が複数人集まれば会話が盛り上がる。特に、仲が良くて共通の話題も多い面々であれば。

ジョゼを例外として、他の数人は皆何度となく顔を合わせたことのある知り合いであり、時には自分たちだけで社交を開くこともある仲。

貴族的にいえば、友好的な付き合いをしている面々である。

お義理のように食事を皿に載せて持ってきてはいるようだが、皆が皆おしゃべりに夢中で料理は一切減っていない。

「モルテールン夫人と王妃陛下のお話、一体何を話されているのかしら」

「気になるわよね」

「気になるわね」

話題がころころ変わる中でも、一番ホットなのはやはりつい先ほど起きたばかりの事件。

王妃が公爵夫人主催の園遊会に参加すること自体が稀であるのに、更に初めて参加した人間を強引に連れて行ってしまったのだ。

これは何を意味するのか。

貴族としての警戒心と保身。そして好奇心が合わさり、どうにも話が止まりそうにない。

「ボンビーノ夫人はどう思われます？」

女性陣が参考意見を聞くのは、やはりモルテールン夫人の娘。

ジョゼフィーネも、聞かれるだろうと予想していたことで驚くことも無い。血縁関係者に聞くのが一番確度の高そうな手段であることは明らかなのだから。

「母様と王妃様のことは、よく分かりません。母様は突然のことで戸惑ってましたから……恐らく、モルテールン家の内部事情に関わる話かと」

ジョゼは、自分の推測を語る。

王妃がアニエスのみを連れて行ったからには、自分に聞かせられないこと。

血の繋がった母子でも隠さねばならないこととなると、条件は絞られる。

他家の嫁になった娘に隠す事情と考えれば、やはりモルテールン家の内側。他の貴族家に聞かせられないプライベートなことではないかと考えるジョゼ。

彼女の予想には、周りも面白そうだと燥ぐ。

「内部事情？　私的なことってことよね」

「もしかして、モルテールン家に縁組を持ち込んでいるのでは？」

「あり得そうですわね。でもそれなら、モルテールン家の次期当主の奥様に子供ができたというのはどうかしら」

「年ごろから言って、それもありえそうですわ」

「もしかしたら、その生まれてくる子を王家に入れるという話では？」

「まあ、お気の早い」

上品な会話を装ってはいるが、喋る内容はそこらのおばちゃんが語るゴシップと変わらない。

立場や地位が変わろうと、年配女性の性質が変わる訳でもないので、当然である。

「ボンビーノ夫人は、何が正解だと思われますか？」

「……そのどれもがありそうで、またあり得なさそうでもあります。この場で言えないことも多い家ですから」

「あら、やはりモルテールン家には秘密が多いのかしら」

「それはもう。言えないことだらけですわ」

ジョゼは本能的に、或いは直感で、下手に隠すことが逆効果だと察した。

お菓子狂いならば理詰めで理解するかもしれないが、秘密があるのかと聞かれて、ないと答えるのは不味い。少なくとも今の場では。

仲良し同士が楽しく親交を深めている、という建前を崩すのはリスクがとても大きい。

貴族の家というのは、どんな家でも隠し事の一つや二つはある。

それも、高位の貴族になるほど言えない秘密は増えるもの。扱うお金も多くなり、耳に入る情報も増え、配慮せねばならない関係者も増えるからだ。

大事な情報の取扱量が増えれば、相対的に隠さねばならない秘匿事項も増える。

この場に居るのは、皆が皆高位貴族、中位貴族の女性。

オーリヨン伯爵夫人とて、伯爵という高位貴族の家の女性である。貴族の内情はジョゼ以上に詳しい。

前提となる知識を持ったうえで、モルテールン家に隠し事がないと言われたら。

これはもう純度百パーセントの建前でしかないと思うだろう。建前の建てつけだけでビルが建つ。

本音を言わない、建前だけでの付き合い。それは、今この場の女性たちに対して壁を作ってしまうことにほかならない。

お前たちとは親しくしたくない、というメッセージになってしまうのだ。誰だって社交辞令しか言わない人間と親しく会話したいとは思わない。

だから、隠し事があることは大いに肯定する。

ジョゼは、モルテールン家の隠し事をつい数年前まで知ることができる立場に居た。

具体的に何を隠しているかは流石に言わないが、隠し事が多い家であることは言を俟《ま》たない。

あそこの家はしょうがないのよ、とばかりに大げさなアクションで不本意さを表現した。

「詳しく教えてもらうことはできるかしら？」

「どうでしょう。母様が何の要件で呼ばれたかが分からなければ、どの秘密に抵触するのかも分かりません。詳しくと言われても、私自身が分かりません」

「それもそうよね」

呼ばれた当人すら分かっていなかったのだ。

外部の第三者が、何を話しているのか確定させるのが難しいというのは、当然の理屈であろう。

しかし、ジョゼはその当然を踏まえた上で考える。

呼ばれた原因について。

そして、確信する。

むしろ、考えるまでもなく確信する。

「一つ分かるのは、どのような話にしても、その原因を作ったのは、モルテールンに居る弟でしょう」

「ボンビーノ子爵夫人の弟というと、例の……」

「ああ、龍の守り人」

ペイスが称号を授与されたことは広く知られている。

むしろ、積極的に広げることで、名誉なことであると知らしめ、それで褒賞としたところがある。

実利ではなく、名誉を与えた称号。

神王国内どころか、周辺諸国も含めての有名人である。

ペイスの名前を聞いて、ああ、あの人のことねと誰もが分かる程度には称号の効果は大きい。

「ボンビーノ夫人は、弟さんが王妃様の呼び出しの一件に関わっていると思われるのね？」

「勘ですが」

勘と言いながら、ジョゼは確信していた。

他の誰よりも、ペイスをよく理解しているが故である。

「一つ言えることは……、ペイスが関わったなら、必ず大きなことが起きるということです。私は、王妃様がモルテールン家に関わらないことを強く願い……いえ、おススメいたします。関わると、きっとろくでもないことが起きるでしょう。最悪、国が傾きかねません」

「まあ、そんな御冗談を」

「そうね、冗談がお上手だわ。おほほほ」

国が傾くだのなんだのと、大げさな言葉が飛び出した。

ジョゼの周りの人間は、ジョゼの言葉を聞いて大げさすぎると笑う。

こんな明らかに冗談と分かる話は、笑うしかないのだ。

「……そうですわね。冗談ですわ。きっと」

空気を読んだジョゼは、自分の意見は冗談であると言い直した。

きっとそうであってほしい。という、願望が含まれていたのは言うまでもない。

◇◇◇◇◇

「疲れたわ」

家に戻ってくるなり、アニエスは夫カセロールに愚痴を言い始めた。

事情を説明する必要もあったし、何より美味しい料理を食いそびれてしまったのが不満だと、帰りの馬車の中からずっとこの調子である。

「お疲れ様だな。園遊会はどうだった？」

「びっくりしたわ。あのね、園遊会にエルゼカーリー様が来られたの」

「王妃様が？　そりゃまたびっくりだな」

国王の妻という立場は、極めて強く、また繊細な扱いを要する。

王のように直接的な権力は持っていないにもかかわらず、王へ直結する強い影響力を持つという状況が、アンバランスだからだ。

実際に権限を持っていないのに、皆が遠慮する。

だからこそ、賢い王妃は自分の影響力を極力外に出さないように気遣っていた。今までは。

「それで、テラスの席に私が呼ばれてね」

「何⁉」

「大したことは話してないけど、緊張したわ」

「そうだろうな。緊張するのは当然だが……王妃陛下に呼ばれただと？」

「ええ」

アニエスは。カセロールに経緯を努めて冷静に報告する。

和やかな園遊会の、一服のお茶。それが、どれほどしんどいことであったか。

「もう、二度と行きたくないわ」

「改めて、お疲れ様。ま、次に呼ばれるとしても、先々のことだろうから安心するといい」

「そうなってほしいけど」

王妃陛下の社交参加。それも国王不在となれば、とても珍しい。

年に一度、あるかないかだ。そんな先のことを考えていても仕方ないとの意見は、カセロールも、そしてアニエスも同意する。

「王妃様に呼ばれるなど。そうそうあることではない。それこそ、よっぽどアニエスを呼びたい理由でもあれば別だろうが」

「心当たりはないわね」

モルテールン家が異常なのはともかく、アニエス自身はごく平凡な貴族家の嫁。今日のように呼び出されることが、何度もあっては堪ったものではない。

「私もない。ないが……」

「何かあるの？」

「うちの息子が、何かやらかしはしないか、とな」

「あなた、幾らペイスちゃんでも、王妃様にご用向きを求められるようなことはないと思うわ」

「そうだよな。すまない。考えすぎだな」

モルテールン子爵夫人とその夫は、遠く海の上に居るであろう息子のことを思う。

彼に用事があるとすれば、王家の人間でも国王や王子の用件に違いない。女性であり、王宮の奥に引っ込んでいる王妃との接点は、どうにも意味不明。

呼ばれることなど、ない。ないはず。ないだろう。

カセロールは、ペイスのことを不安に思いつつ、考えることは棚上げにした。

「それで、結局王妃陛下の用件とは何だったんだ？」

「……モルテールン家の持つ『癒やしの力』を、美容に使えないかとの相談だったわ」

「癒やしの力か。何とも意味深だな」

モルテールン家は、公称として癒やしの力を手にしたとアナウンスしている。

これは、ペイスが本当に魔法で人を癒やせることを隠すために、「龍の血には癒やしの力がある」と言って吹聴《ふいちょう》したことを指す。

そして、モルテールン家の家中においては、ペイスの癒やしの力を、魔法の飴として運用している。

どこからどこまでを確信しているのかは不明だが、少なくとも「龍の血の癒やしの力」を指しているだけではなさそうな雰囲気。

カマをかけている可能性もあるが、恐らく癒やしの飴ぐらいまでは情報を摑んでいそうである。

流石は王家と言うべきか。

カセロールは、妻の言葉に悩みを深めた。

「癒やしの飴が仮にバレているとして……使い道は本当に美容の為なのか？」

「それは当然よ。私も効果があると分かれば、絶対に確保するもの」

人の傷や病を癒やせる力があるのなら。

そして、その力を気軽に使えるとするなら。

王妃としては、真っ先に美容に使えるかどうかを試すだろう。アニエスは、そう断言した。

高貴な女性にとっても、美容というのは他の多くの事柄よりも優先すべき、重要事項なのである。

「……女心は、よくわからん」

カセロールは、美容にかける女性の想いに、心の中の敬礼で敬意を表するのだった。

あとがき

初めに、この本を手に取っていただいた皆様に対し厚く御礼申し上げます。初めての方もそうでない方も。読んでもらえてとても嬉しいです。ありがとうございます。

また、この場をお借りして、書籍作成にあたってご尽力いただいた関係各位に感謝申し上げます。お陰様で二十五巻目を出版することができました。


毎度毎度、あとがきというのは何を書いていいものか頭を悩ませます。

執筆中は引きこもりがちになる性分でして、原稿が書きあがってあとがきを書こうとなって、季節が変わっていることにようやく気づくなんてのも珍しくなく。

世情から取り残されがちです。


最近の私的ニュースといえば、やはりアニメ放送でしょうか。

七月から放送開始されたアニメも、この本が出るころには最後まで放送されていることでしょう。

新しくアニメからおかしな転生を知ってくれた方。またずっとおかしな転生を応援してくれていた方。いろんな方々にアニメを楽しんでもらえていると、原作者としては嬉しいです。

アニメといえば、最近ではなろう原作のアニメ作品も増えた印象を持っています。作品自体の数も増えたような気がしますし、1クールでの放送数も多くなっているような感じで。

その分、視聴者の目も肥えているのではないかと推察します。

目の肥えた人にも楽しんでもらえたのか。ぜひ、感想を寄せていただきたいものです。

私自身の感想としては、面白いアニメを作ってもらえたと思っていますので、できれば周りにも薦めてもらえると嬉しいですね。

そうそう。

この二十五巻では、マルクの弟が出てきます。

名前やビジュアルの設定。実は、舞台版おかしな転生からの逆輸入です。

キャラ自体は原作でも登場していましたが、キャラ名等々を舞台で初めて決めたということで、原作のほうでも踏襲した形です。

長く続けていると、こういうこともあるのかと思った次第。

いろいろとキャラクターも増え、世界も広がりを見せるおかしな転生。

これからも、いろいろと楽しんでもらえるよう頑張る所存です。

令和五年八月吉日　古流望

巻末おまけ試し読み!

おかしな転生

コミカライズ

第50話

原作：古流 望
漫画：飯田せりこ
キャラクター原案：珠梨やすゆき
脚本：富沢みどり

TREAT OF REINCARNATION

乾ぱ〜い!!
海賊騒動から
1カ月
チン
ああ
おいしいですね
モルテールン卿
同感です
勝利の美酒
というやつ
でしょうか

ザワ
ザワ
こうして戦勝祝いを開けるとは…
もしかしたら私が生まれる前ぐらいからのご無沙汰《ぶさた》だったのではないかと
これも全てモルテールン卿のおかげです感謝しています

その感謝は御家のために尽くした皆《みな》にお願いします
僕ひとりの力ではありませんから
それでも…卿がおられなければこうした場に立つこともなかったでしょう
私の感謝を どうかお受け取りください
スッ
そこまで言われては遠慮もできません
どうぞ
中身はほぼぶどう水である
これはこれで風味のついたお冷と思えばおいしいな

それにしても…
リハジック子爵の凋落《ちょうらく》ぶりはすごかったですね
たった1カ月であそこまで落ちぶれるとは
あの怒り具合は歴史に残るでしょうね
あれは自業自得と言うのです

そうですね
それで ボンビーノ閣下のもとに軍勢そろえて怒鳴り込みに行ったところでレーテシュ伯のご登場でしたか
あれも モルテールン卿の執り成しあってのこと
事前に準備もできましたし迅速に連絡がつきました
なんの 伝言くらいならアルバイト程度で大したことはありません
レーテシュ家も自分の家の利益を守るためにやったことですよ

リハジック子爵は多くの家からここぞとばかりに賠償金《ばいしょうきん》を求められ
借金まみれに陥《おちい》った
今やリハジック領はハゲタカとハイエナの狩場である
対しボンビーノ子爵家は一躍時の人となった

今やウランタは同年代の中では一番の有望株《かぶ》と見られている
海賊の財宝 そして 金のなる木ともいえる 南部街道《サウシーロディア》を手に入れ 今後の発展も間違いない
ウランタのもとにはこぞって多くの貴族が訪れるのであった
ちょうどいい 身代わり地蔵《じぞう》が できた

これからも長い付き合いになると思います
モルテールン卿にはぜひ今後とも色々と教えていただきたい
こちらこそ学ぶことの多い得難《えがた》い経験をさせていただきました
おいしいお魚ももらえましたし
いや…受けた恩に比べれば些細《ささい》なもので恥ずかしい
海賊騒動のあと…
ペイスが魚を持って帰ったぞ――っ
びち
びち

ペイストリー様の魚料理は絶品らしいぞ！
俺たちも食べたい！
俺も
ドドドドドド
本村どころか領土中から噂を聞きつけた人が集まってしまった
こりゃとても料理しきれない
!!
そうだ
保存して冬の間の労働奉仕《ほうし》の炊《た》き出しにしましょう
労働奉仕とは領土に対する労働の貢納《こうのう》という税の一部であるが

ペイスの料理
食べたさに
募集が殺到《さっとう》
ワー
ワー
税を払わせて！
魚
食べたい❤
税金
税を払わせろと
領民が競い合うという
おかしな事態に…
ホント
人騒がせ
ねっ
今となっちゃ
笑い話だけど
危《あや》うく暴動でも
起きるかと思った…
では…
食事を楽しんで
いってください
あ…
はい！

ザわ…
ザわ…
ん…なんかあそこだけ空いてる
ガツ
むしゃ
むしゃ
むしゃ
むしゃ
むしゃ
ガツ
あ…
ニルダさん!

おう
坊ちゃん!
ニルダさん
ここの食事は
どうですか?
うまいね
がつ
がつ
素敵な
真紅《しんく》のドレス
で…
ああ
これかい?

さんざんうちの連中にからかわれたよ似合わねえって
いっそ男装にしたほうがいいんじゃねぇスか？
バキッ
いえいえお似合いですよ
ゴッ
ゴッ
ゴッ
ゴッ
ぷはっ
いい酒だ！
こんな上等なモンもう二度と口にできないだろうからせいぜい食いだめしておくさ

そうですか
しかし…
もう二度とない
ということもないかも
しれませんよ？
あぁ？
どういう
意味だい
そりゃ？
あなたが望むなら
今後もこういった料理を
食べられる機会がある
という話です
何を言いたいのか
はっきり言いな
坊ちゃん
あたいは
学もなくて
頭の悪い人間でね
では…
単刀直入に
聞きます

あなたたち水龍の牙を
ボンビーノ家が
従士として抱えるよう
推薦するつもりです
その気は
ありませんか？
はああ!?
今後ボンビーノ家は
人手を必要とするでしょう
中でも最も必要で
かつ最も雇用の困難な
海を知り尽くした人材
そう
あなたのような人材です
どうです？
あなた方を下民と
蔑《さげす》む連中を見返して
やろうと思いませんか？

戦場で手柄をあげて貴族の目に留まって従士として引き立てられる
そんな出世話はあたいが小さい頃から腐《くさ》るほど聞いてきた
でもそれは市民権のあるような連中の話だ
あたいらのような下層民には起こるはずのない話
しかも女の身だってのに――
…急に言われても困る
うちの連中とも話がしたいよ
お貴族様ってのを嫌ってる奴らもいるからね
その気があるならこれをボンビーノ子爵本人に渡してください

僕の直筆の推薦状と今回の討伐での感状です
このまま うちに仕《つか》えてもらえればとも思ったのですが モルテールン領には海がありません
あなた方が力を十分に発揮できませんから
それなら うちに恩を売ってある家に仕えてくれていたほうがいいでしょ?
前向きに検討しておいてください
ああ

ぐい、
なんだか頭がついていかないよ
ちっとも酔いが回ってこない
モルテールンにとってみれば水龍の牙との繋がりは今後海上戦力が必要なときに何かと都合がいい
なにより ボンビーノ家が養ってくれれば維持費もかからない

ペイストリー＝モルテールン卿
これはレーテシュ閣下
この度は御協力いただきましたこと篤《あつ》く御礼申し上げます
ぺこ
いいのよ
うちにも結構余禄《よろく》があったし
何かと鬱陶《うっとう》しかったリハジック家を潰せたし…

今後とも持ちつ持たれつでいきたいものね
おっしゃるとおりかと存じます
持ちつ持たれつ共存共栄こそ理想でありましょう
またおいしいお話があれば今回みたいに1枚噛《か》ませてもらいたいわね
わたしとあなたの仲なわけだし遠慮はしなくてもいいのよ？
今後ともお世話になります閣下
ぎゅっ

しかし
よろしいのでしょうか？
あまり他の男といては
セルジャン殿が
黙《だま》っていないのでは…
ちらっ
それに…
ヤキモチくらい
かわいいものだわ
ほほほ
それは大丈夫よ
セルジャンとは
仕事についても
よく話をしているし
理解してくれて
いるはずよ
仲がよろしいようで
紹介した身としても
嬉しく思います

ああ
そうそう
また今度うちでも
ちょっとしたパーティーを
開くの
ぜひいらしてね
……
都合がつけば
喜んで伺います
とも
ニコッ
忙しいふたりは
それだけ言うと
場を離れたのだった
……

モルテールン領
お帰りなさいペイスさん
そわ
そわ
どうかしましたか？
リコ
リコは今サイズと季節に合った礼服というものを持っていますか？

簡易式ではなく正式な典礼衣装です
え？
持っていませんけど…
でしたらすぐに手配して取り寄せるなり仕立てるなりしてください
御父上へのご連絡は僕がします
ああ それに僕の礼服も大急ぎで仕立てなければ…
いったい 何があったんですか？

レーテシュ伯の結婚式が
大幅に前倒しされる可能性が出てきました
レーテシュ女伯爵が結婚!!
晩餐《ばんさん》会より2週間も経たないうちに発表されたニュースに
神王国のみならず諸外国にも激震が走った

しかも
式が発表の1カ月後
という慌ただしさ
突然の発表に
神王国南部は
ハチの巣をつついたような
大騒ぎになった
モルテールン領も
無関係ではいられず
発表から1カ月は
事実確認の連絡やら
方々《ほうぼう》の伝達などで
カセロールは大忙し
やることが
多い……！
ペイスも
諸々の準備で 寝る間も
惜しむ日々を過ごした

しかし
よく坊は気づきましたね
レーテシュ伯の食の嗜好《しこう》が明らかに変わっていましたから
肉体労働者であるニルダさんと同じように濃い味を好むようになり
酸味を欲し酒を避けた
服装にしてもいつものような華美な装《よそ》いではなく露出の少なく腰回りを締めつけない服装でした
これは疑うなというほうが無理じゃないですか？

ですね
それにしても あのレーテシュ伯が ご懐妊《かいにん》とは…
一応 建前としては 電撃的に結婚式を 執り行うことで 第三者の 介入を避けるため…と なっています
親しい者にすら 突然の発表となったのも 敵を欺《あざむ》くため 味方にも黙っていた からだ…と
しかし本音では 結婚前に子どもができたとあっては 都合が悪いからなのは 明らかです
お堅《かた》そうに見えて セルジャン殿も 手が早いっすね

いや案外女伯爵のほうから押し倒したのかも？
行き遅れで焦《あせ》ってたんで既成事実を急いだってのはありそうな話で
シイッ下品ですよ
…しかし焦りというなら周囲の人間のほうが深刻に感じていたでしょうね
なるほど
ってぇことは部下も含めてグルでしょうぜ
ひょっとしたら女伯爵と旦那がそろって一服盛られたって線も…

シイッ！
ペイス！
お前らも下世話な話をしていないでさっさと準備しろ！
ばた
ばた
なんにせよペイスが事前に気づいてくれて助かった
婚礼用の典礼服なんて使う時は普通半年以上前から連絡があるものだからな
続きは CORONA EX コロナEX TObooks にてお楽しみ下さい！

は
しょう!
巡って
勃発!?
第26巻2024年発売!

原作小説
"若返り"僕が叶えま
幻のフルーツを
大抗争が
これも美味いぞ!
おかしな転生
XXVI
著
古流望
NOZOMU KORYU
イラスト
珠梨やすゆ
YASUYUKI SY
王道スイーツファンタジー

シリーズ累計
170万部
突破！
（紙＋電子）
小説
第15巻
2023年
12月20日
発売！
TOKYO MX・MBS・BS11にて
放送開始！
※都合により放送日時は変更となる可能性がございます。
帝国物語
式HPへ！
餅月 望――著
Gilse――イラスト
原作HP
TVアニメHP